별을 쫓는
소년들

WITH TOMORROW X TOGETHER

별을 쫓는 소년들

WITH TOMORROW X TOGETHER

별을 쫓는
소년들

WITH TOMORROW X TOGETHER

별을 쫓는
소년들

WITH TOMORROW X TOGETHER

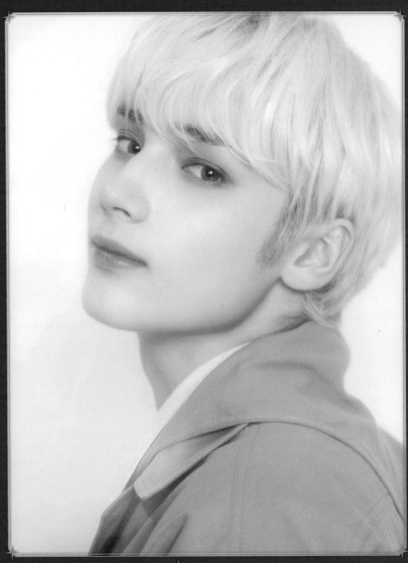

별을 쫓는 소년들

WITH TOMORROW X TOGETHER

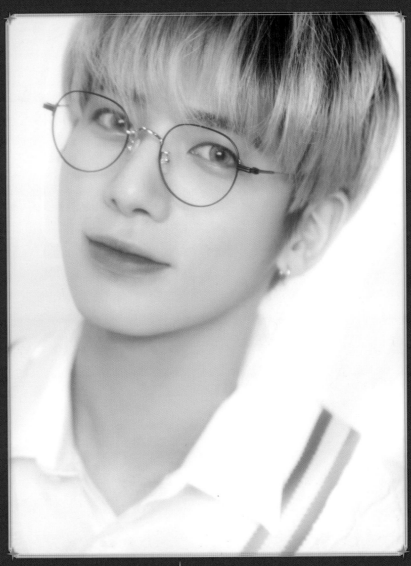

별을 쫓는 소년들

WITH TOMORROW X TOGETHER

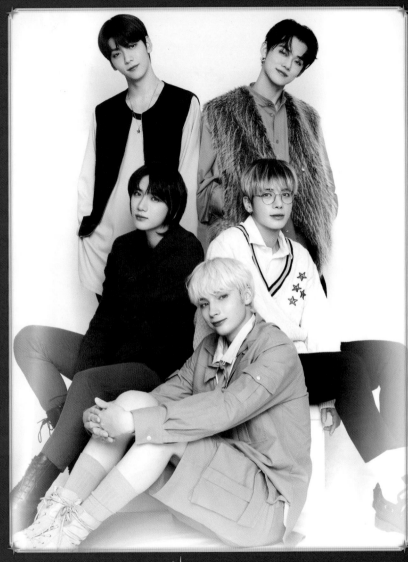

별을 쫓는 소년들

WITH TOMORROW X TOGETHER

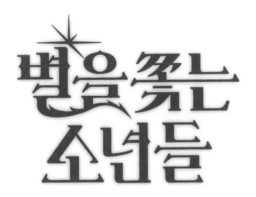

기획/제작
HYBE

공동기획
WEBTOON

별을 쫓는 소년들

WITH TOMORROW X TOGETHER

1
WEBNOVEL

학산문화사

별을 쫓는 소년들

WITH TOMORROW X TOGETHER

차례

제 1 화

시작의 꿈

비릿한 피 냄새가 났다.

솔은 자신의 손을 내려다봤다. 질척이는 피가 양손을 붉게 물들인 채 뚝뚝 떨어졌다.

이건 누구의 피일까?

나? 아니면, 멤버들?

온몸을 적신 피는 성에 차지 않는다는 듯, 계속해서 울컥울컥 쏟아져 내렸다.

아프지는 않았다. 대신 심장이 터질 듯이 뛰었다. 솔의 입술이 파르르 떨렸다.

"하…… 하하."

울어버리고 싶었지만, 맞이한 상황에 이상하게도 입꼬리가 올라갔다.

솔은 멍하니 고개를 들었다.

눈앞에 거대한 형체가 보였다. 검은 덩어리들이 넘실거리며 그를 비웃었다.

솔은 이 이야기의 끝을 이미 알고 있었다.

아마 이것들은 솔의 모든 것을 집어삼키고, '세상을 잡아먹을 것이다'.

처절하게 대항해도 소용없다. 마치, 결말이 정해진 소설처럼.

솔이 잠시 상념에 빠진 사이,

검은 형체는 더욱 거세게 소용돌이쳤다.

위이이잉!

바람이 세차게 뺨과 피부를 때렸다. 절망은 그렇게 다가오고 있었다.

엄청난 돌풍에 눈앞이 가물거렸다. 이제 눈조차 뜨기 힘들었다. 팔을 들어 바람을 막아보려 해도, 잠시뿐이었다.

칼날 같은 바람에 피부가 베이고, 곧 거죽이 되어 너덜거렸다. 솔은 거대한 혼돈 앞에서 발버둥치는 자신이 우습게 느껴졌다.

……그래도, 지키고 싶었다.

멀어져 가는 의식의 자투리를 붙잡고 기억을 찬찬히 되짚었다.

솔은 습관처럼 멤버들에게 했던 말을 천천히 되뇌었다.

"괜찮아. 내가, 어떻게든, 할게……."

매번 그렇게 말했었다. 그러면 멤버들은 어떤 상황에서도 애써 밝게 웃어줬다.

'생각해야 해. 생각해야 해.'

어떻게 하면 될까. 도대체 어떻게 하면, 정해진 결말을 바꿀 수 있을까.

솔은 허탈한 웃음을 멈추고 다시금 눈을 부릅떴다.

"……헉!"

솔은 벌떡 일어났다.

숨이 가쁘고, 식은땀이 등을 타고 내려갔다.

정신없이 주위를 둘러보았다.

좀 전의 황무지와 검은 형체들은 온데간데없었다.

옆에서 낮은 목소리가 들렸다.

“무슨 꿈을…….”

홱, 솔은 목소리가 들린 쪽으로 고개를 돌렸다.

“그렇게 꿔?”

갸름한 얼굴형에 쌍꺼풀 없이 긴 눈이 한눈에 들어왔다.

유진이 있었다.

차가 나아가는 소리, 뒤이어 들리는 타호의 목소리, 비켄의 간식 봉지가 바스락거리는 소리.

솔은 그 속에서 숨을 몰아쉬었다.

기다렸다는 듯, 익숙한 일상이 훅 파고들며 낯익은 것들이 하나하나 느껴졌다.

‘아, 밴이구나.’

그제야 모든 것이 안심되었다.

솔은 딱딱하게 굳었던 어깨에 힘을 뺐다.

긴장이 풀리자, 희미한 웃음이 저절로 입가에 스쳤다.

밴에서 솔의 옆자리는 항상 유진이었다. 유진은 잘 웃지 않곤 했는데, 지금은 솔에게 안심하라는 듯 살짝 입매를 올려 미소를 지어주고 있었다.

‘웃는 거 싫어하면서…….’

새삼 고마워진 솔은 고개를 기울여 유진의 어깨에 기대었다.

규칙적인 운동으로 다져진 유진의 어깨는 늘 든든했다.

유진은 짐짓 싫은 체하며 툴툴거렸다.

“뭐야, 머리 무거워. 치워라.”

“싫은데요.”

“야.”

유진은 한숨을 내쉬었다. 솔은 올라가려는 입꼬리를 애써 눌렀다.

진짜 싫으면 어깨를 밀면 될 텐데, 그러지 않았다.

맏형 유진은 그런 사람이었다.

사골 같은 사람이다. 겉으로는 거칠고 호전적인 듯 보이면서도, 오래 볼수록 상냥함이 진하게 우러나왔다.

……물론, 이 비유를 처음 한 비켄은 사람을 왜 먹는 거에 비교하느냐며 유진에게 시원하게 등짝 한 대를 맞았지만.

유진의 이런 모습은 멤버들만 알고 있었다.

아무도 모르는 비밀 장소를 엿보는 느낌이랄까.

왠지 들뜨는 마음에 솔은 참지 않고 슬쩍 웃어 보였다.

“웃기는.”

“헤헤. 형 어깨, 딱딱하다.”

"그럼 치워."

"그렇지만 편해. 참 적당한 높이야."

"이게 진짜……."

그렇게 툴툴거려도 이번에도 어깨를 밀지 않았다.

솔은 비싯비싯 반달눈을 지으며 유진의 어깨에 더욱 파고들었다.

얼마나 그렇게 있었을까. 유진은 그런 솔을 보며 말했다.

"뭐, 이제 좀 웃네."

솔이 의아하다는 듯 눈을 깜박였다. 덕분에 고개가 살짝 미끄러졌다. 유진은 그런 솔의 이마를 살짝 들어서 제대로 얹게 했다.

"너, 장난 아니었어. 죽은 듯이 자다가 갑자기 끙끙거리더라. 그래서 깨우려고 하던 찰나에 갑자기 눈을 번쩍 뜨던데? 내가 다 놀랐다."

"……역시, 많이 심했구나."

솔은 한숨을 푹 내쉬었다. 요즘 들어 이런 악몽이 잦았다.

"스트레스 많이 받나 봐. 꿈이 계속 뒤숭숭해."

"어떤 꿈인데?"

"음, 둘러보면 죄다 폐허야."

솔은 자신이 꾼 꿈을 천천히 말했다.

"뭔가를 막고 싶은데, 그럴 수가 없더라."

벌써 잊혀가는 꿈의 내용을 억지로 상기하자, 기다렸다는 듯 불안함이 한 걸음 다가왔다.

솔은 불현듯 두 손을 내려다보았다.

끈적하게 얼룩졌던 붉은 피는 그곳에 없었다.

그러나, 곧이어 덮칠 듯 잠식되는 불안감에 솔의 동공이 빠르게 흔들렸다.

급작스레 시야가 뒤섞이기 시작했다.

차창 너머 아스팔트는 온통 검은색으로 뒤덮이며 일어나 솔을 덮치려 하는 듯 보였다.

솔은 양팔을 움켜잡고 떨며 웅얼거리기 시작했다.

"이럴 때가 아니야. 생각해야 해. 생각……."

곧, 단단하지만 부드러운 손이 솔의 뺨에 닿았다.

"뭐야, 너! 괜찮은 거야? 그냥 악몽이 아니잖아?"

따스한 유진의 손길에 다시 현실로 돌아온 솔은 순간 아차 싶었다.

솔은 재빨리 고개를 저었다.

"아니, 아니야. 그냥 평범한 악몽이야, 형. 신경 쓰지 마."

솔은 어색하게 웃었다.

최근 반복되는 악몽으로 솔은 스스로 점점 정신이 피폐해져 감을 느끼고 있었다.

살도 짧은 기간에 많이 빠졌고, 가끔 환각 증세를 보이기도 했다.

하지만 말할 수는 없었다. 이렇게 다들 듣고 있는 곳에선 더더욱.

표현에 서툰 비켄과 타호는 관심 없는 척하곤 했지만, 솔은 알고 있었다. 모두의 신경이 자신에게 닿아 있다는 걸.

자세히 보면 살짝 티가 난다.

타호의 이어폰은 귀에서 빠져 있었고, 비켄의 스마트폰은 아까부터 같은 화면 그대로 움직이지 않았다. 막내 아비스는 중간에 깼으면서 계속 눈을 감고 자고 있는 척했다. 그 모습이 퍽 귀여웠다.

솔은 리더로서 멤버들을 걱정하게 하고 싶지 않았다.

"괜찮아. 꿈은 꿈일 뿐이잖아. 솔직히 우리 스타원에겐 꿈보다 현실이 더 무섭잖아?"

솔의 말에 순간 타호의 어깨가 움찔 떨렸고, 비켄은 스마트폰을 놓칠 뻔했다. 아비스의 눈꺼풀이 살짝 떨렸다.

"우리 지금 아슬아슬해. 살얼음 위라고."

유진이 한숨을 푹 내쉬었다.

"그렇긴 하지."

"아무리 열심히 노래하고 춤춰도, 아이돌 시장은 마법 아이돌이 꽉 잡고 있어서 말이야."

솔은 쓰게 웃었다. 참 답이 없는 일이었다.

마법 아이돌.

예전에는 없었던, 새로 생겨난 직업이었다.

솔은 턱을 괴고 창문을 바라보았다.

짙게 선팅된 차창 너머로 도로가 보였다. 그들의 답답한 마음처럼 꽉 막혀 있었다.

지금으로부터 10년 전, 세상은 격변했다.

지구는 여러 갈래로 쪼개져 부딪쳤다 중첩되기를 반복했다.

큰 충격으로 땅에는 강력한 웨이브가 왔고, 당시 정신을 잃은 사람도 많았다.

솔도 그중 한 명이었다. 지우개로 지운 듯, 그 순간에 대한 기억이 전혀 없었다.

누구도 변화의 명확한 원인은 몰랐다. 하지만 그 이전의 삶으로 돌아갈 수 없다는 사실은 명백했다.

이로 인한 수많은 변화 중 가장 큰 것은 '마법'이었다.

영화나 소설에서만 보던 마법을 인간이 구현할 수 있게 되었고, 모든 사람이 뜨겁게 열광했다.

학자들은 말했다.

'마법이 새 시대를 열 것이다. 마법을 연구하면 인간 문명을 획기적으로 도약시킬 수 있다.'

사업가들은 화답했다.

'마법 연구하세요. 돈이 필요하세요? 그 돈, 우리가 대겠습니다. 대신 연구 결과를 사용할 권리를 주십시오.'

학자들은 자금을 갖고 온갖 연구를 했지만 현실은 냉혹했다.

마법 능력은 간단한 기예 수준에 머물렀고, 투자했던 사업가들은 거의 파산했다.

거의 망하긴 했지만, 아직 마법 연구를 하는 큰 연구소가 몇 곳 남아 있긴 했다.

그 때문인지 여러 음모론이 떠돌기도 했다.

'마법 수련을 하는 수수께끼의 집단이 있다, 그들이 블랙워터를 지배한다. 인류는 그들의 눈길과 감시 아래 존재한다' 등.

하지만 그 또한 거리에 횡행하는 뜬소문일 뿐이었다.

그렇게 연구 붐이 가라앉은 지 수년.

마법은 예상치 못한 곳에서 새로운 문화를 탄생시켰다.

마법은 쇼 엔터테인먼트 분야로 스며들었다.

'문명의 이기', '인류의 구원자' 따위의 거창한 역할은 쪼그라들었지만, 나름대로 지분을 확보한 셈이었다.

솔은 쓰게 웃었다.

마법 아이돌.

솔이 닿을 수 없는 정점에 있는 그들은 무대 위를 날며 반짝이는 별빛을 뿌려대곤 했다.

인간이 내기 어려운 고음도 쉽게 내고, 외모도 더욱 매끄럽게 보정했다.

마법 아이돌은 등장하자마자 전 세계의 엄청난 찬사를 받았으며, 곧 모든 아이돌은 마법을 사용할 수 있는 이들로 대체

되었다.

아주 드물게, 아닌 경우도 있었다.

마법 아이돌 세계에서, 마법이 없는 아이돌. 그래서 한계가 명확한 아이돌.

바로 솔이 속한 스타원이었다.

"솔아."

유진이 자신을 불렀다.

솔은 창문 너머 꽉 막힌 도로에서 시선을 떼 고개를 돌렸다.

"어제 편의점 구석에 스티커 붙어 있더라. 300만 원이면 마법 쓰게 해준대."

"형, 그거 다 사기야."

"알아. 그냥 상황이 이렇다 보니까 눈에 들어오더라."

모두들 간절했다.

마법만 쓸 수 있다면 이 짜증나는 멸시와 차별이 좀 사라질 텐데.

유진이 머리를 긁적이며 물었다.

"마법 못 쓰는 아이돌은 이제 우리밖에 없지?"

"응. 그래도 우리 데뷔할 때는 몇몇 있었는데, 이제는 다 사라졌지."

새삼 답답해졌는지, 솔이 이어서 유진에게 물었다.

“형. 우리 공룡 같지 않아?”

“무슨 말이야?”

“아니, 그냥. 화석이 되어서 사라져야 하는데, 구시대의 아이돌로 계속 남아 있으니까.”

솔은 한숨을 내쉬었다.

“마법 못 쓴다고 우리 무대를 얼마나 갈구던지.”

‘뭐야, 마법 이펙트 안 넣는다고? 얼마짜리 무댄데, 너네 장난해?’

‘이런 것들도 아이돌이라고, 나 참…….’

‘저런 애들은 좀 알아서 해체하면 안 되나? 소속사는 자선사업하나?’

방송국 스태프들의 수군거리는 소리에 스타원 멤버들은 점점 위축되어 갔다.

“……마법 없는 게 범죄는 아닌데 말이야.”

솔의 말에 유진이 고개를 끄덕였다.

“요즘은 범죄자 취급이잖아.”

“그러게.”

점점 나빠지는 취급에 어린 멤버들은 삐딱선을 타고, 솔은 끝없는 악몽을 반복해서 꿨다.

무대에 오를 때마다 가슴이 터질 듯 죽어라 노래하고 춤추는데도 마법이 없어서 무시받는 현실이 답답했다.

악몽이라도 안 꾸면 좋을 텐데, 안타깝게도 그 꿈은 미칠 듯이 생생하게 계속되었다.

아니, 꿈이…… 맞긴 한 걸까?

'아, 젠장.'

솔은 창에 이마를 댔다. 유리가 조금 차가워서일까. 정신이 좀 들었다.

제일 중요한 걸 생각해야지.

'나에게 제일 중요한 건 우리 스타원이 잘되는 거니까.'

창에 기댄 채 텁텁한 숨을 길게 내쉬었다. 사방에서 목을 조여오는 듯했다.

솔은 혼잣말하듯 유진에게 말했다,

"형, 우리는 우리만이 할 수 있는 걸 하자. 마법 아이돌이 비행기라면, 우리는 자동차처럼 느리더라도 죽도록 달려가면 되잖아."

유진에게선 아무런 대답도 없었다.

솔은 꽉 쥐었던 두 주먹을 폈다. 너무 꽉 쥐어서인지 상처가

나 피가 맺혀 있었다.

솔은 피를 문질렀다. 아릿함이 느껴졌지만, 상관하지 않았다.

안 되면 잘되게 할 거다. 더럽게 치사하니까 어디 한번 꼭 올라가주마.

"지금 달려가고 있는 이 차처럼……."

다시 한번 결심하고 고개를 들며 중얼거릴 때였다.

이상했다. 갑자기 소름이 돋았다.

'뭐지?'

생각할 틈이 없었다. 차가 멈췄다. 솔은 본능적으로 안전벨트를 잡았다.

끼이이익-

브레이크 소리가 귓가에 울렸다. 차에 타고 있던 모든 사람의 몸이 쏠렸다.

제 2 화

마법 없는 아이돌

끼익-

차는 스키드마크를 그리며 계속 옆으로 밀렸다. 몸도 함께 옆으로 떠밀리며 머리카락이 흩어졌다. 열린 창문 사이로 타이어 타는 냄새가 지독히 났다.

차가 가까스로 멈추자 솔은 억지로 고개를 돌려 멤버들을 바라봤다.

"으으…… 다들, 괜찮아?"

다행히 다들 뭔가를 붙잡고 견디곤 있었지만, 대답이 빨리 나오지는 않았다.

"아, 괜찮아."

그러다 유진이 대답하자, 비켄과 타호, 아비스도 연달아 대답했다,

"나도."

"형, 나도."

"나는 꼈어. 아이 씨."

일단 다들 말은 할 수 있는 모양이었다. 솔은 멤버 하나하나의 상태를 다시 확인했다. 그러고는 좌석 사이에 꼈다는 비켄의 어깨에 손을 얹었다.

"뒤로 밀어 볼게."

"어, 응."

손바닥에 힘을 주자, 끼었던 몸은 바로 자유가 됐다.

다들 놀란 것 외에는 멀쩡해 보여 겨우 안심하고 있을 때였다.

솔은 아차 싶었다. 밴에는 멤버들만 있는 게 아니었다. 솔은 서둘러 운전석을 향해 외쳤다.

"형! 괜찮아요?!"

"으……."

운전석의 매니저가 정신을 차리지 못했다.

솔은 서둘러 앞으로 기어갔다. 매니저는 핸들을 잡고 부들부들 떨었다.

"어디 다쳤는지 알겠어요?!"

매니저는 여전히 대답을 하지 못했고, 솔은 황급히 주위를 둘러보았다. 창문이 깨지거나 차량이 부서진 거 같지는 않았다. 피도 보이지 않았다.

매니저는 다시 신음을 내뱉었다. 지금 할 수 있는 일을 해야 했다. 솔은 돌아보며 외쳤다.

"유진 형, 구급차 좀 불러 줘!"

"응!"

"일단 매니저 형을 운전석에서 끌어내야 할 거 같아. 나는 안에서 부축할 테니까, 밖에서 좀 도와줘. 타호야, 좀 도와줘. 문은 내가 열게."

"알았어."

멤버들은 일단 차 밖으로 나갔다. 솔은 앞쪽으로 기어가서 운전석 문을 열고 매니저를 부축했다.

"119가 안 받는데?"

유진이 연결되지 않은 통화를 끊으며 말했다.

운전석으로 온 솔은 그제야 도로에서 무슨 일이 벌어졌는지 알게 됐다.

도로 위 차들은 엉망으로 뒤엉켜 있고, 여기저기서 연기가 모락모락 나는 중이었다.

“차량 연쇄 충돌……?”

솔이 멍하게 중얼거릴 때였다.

비켄이 고개를 저으며 말했다.

“아니야, 형. 방금 속보가 떴는데, 블랙워터 추출에 성공해서 강력한 웨이브가 왔대.”

비켄은 계속해서 기사를 읽어내려갔다.

“가까이 있으면 구토와 마비 증상을 겪을 수 있습니다. 후유증은 3일 정도 갑니다. 블랙워터 웨이브를 겪는다면, 안전한 곳으로 대피하세요. 특수한 자기장이 나옵니다. 이건 기차나 자동차 근처에서 증폭되는 경향이 있으므로, 승차했다면 내리시는 게 좋습니다.”

솔은 숨을 길게 내쉬었다.

“이런 거면 미리 피하게 하든가.”

유진이 혀를 차며 대답했다.

“블랙워터는 추출 확률이 손에 꼽잖아. 오늘 성공할 줄 몰랐나 보지.”

솔도 함께 혀를 차고는 매니저의 상태를 다시 확인했다.

힘없이 주저앉아 있지만, 의식은 있는 듯했다.

“형, 괜찮아요?”

“으, 토할 거 같아. 그런데 너희 스케줄…….”

솔은 매니저를 안심시켰다.

“아, 제가 실장님과 연락해볼게요. 형은 좀 쉬어요.”

매니저는 고개를 끄덕이다 힘없이 늘어졌다.

솔은 자신의 겉옷을 벗어 매니저에게 덮어줬다.

비켄은 그런 솔을 보며 말했다.

“솔 형. 전에 TV에서 봤는데, 마력이 없는 사람일수록 웨이브에 취약하대.”

“이상하다. 우린 마력도 없으면서 왜 멀쩡해?”

“가끔 그런 사람도 있다던데?”

“뭐야. 이왕 이러려면 마법이나 쓰게 하지.”

솔은 실장에게 전화를 걸다가 이내 끊었다. 통화 연결음이 들리지 않았다.

그나마 인터넷이 되는 게 다행이었다. 문자를 보내니 답장이 빠르게 도착했다.

“일단 여기 있으래. 아무튼, 그나마 다행이다.”

솔은 아까 좌석에 끼었던 비켄의 어깨를 걱정스레 힐끗 봤다. 괜찮은지 표정이 나쁘지는 않아서 다행이었다.

유진도 주위를 둘러보며 말했다.

"다들 괜찮은 거 같은데?"

멍하니 주위를 둘러보니, 전복된 차체에서 나오지 못하고 있는 사람들이 꽤 보였다.

"차에서 빨리 나와야 한다며? 주변에 힘들어하시는 분 계시면 우리라도 도와드려야지."

"아, 나 도와드리고 올게."

"응. 솔아. 나도."

"나도, 형!"

스타원 멤버들은 흩어졌다. 솔은 근처에 선 차 문을 열어 나이 든 운전자를 부축해 바깥으로 끌어냈다. 운전자는 정신없는 와중에도 연신 고맙다고 했다.

그렇게 얼마간 사람들을 도울 때였다. 무심코 손을 터는데, 아릿한 느낌이 들었다. 솔은 자신의 손을 내려다봤다. 손톱이 파고든 손바닥은 이미 아물어 있었다.

문득, 꿈이 생각났다.

'그러고 보면 꿈에서…….'

솔은 뒤를 돌아보았다.

'약간 이런 분위기였던 거 같은데.'

매캐한 연기와 황톳빛 모래바람이 귓가를 스쳤다.

등골이 저릿했다. 낯설면서도 익숙한 역설적인 감각이 이상할 만큼 선연하게 느껴졌다.

열어서는 안 되는 상자를 연 기분이랄까.

누군가 '이제부터 시작', 이라고 귓가에 속삭이는 듯한 느낌이 들었다.

'그 악몽, 그냥 꿈이 아닌 건가?'

솔은 고개를 저으며 생각을 털어 내려 했지만, 두 글자가 뇌리에 박혔다.

그거 설마…….

솔은 자기도 모르게 중얼거렸다.

"예지?"

에이, 설마. 아닐 거야.

가뜩이나 힘든데 뜬구름 같은 얘긴 하지 말자.

가야 할 길이 멀잖아. 이러지 말자.

솔은 고개를 세차게 저으며 생각을 털어냈다.

왜일까. 불길한 생각은 흩어지지 않았다.

이후, 세상은 온통 '블랙워터'에 관한 이야기로 뒤덮였다.

마치 고장난 라디오처럼 오직 자원과 효율에 관한 얘기만 돌고 돌았다.

어디에도 웨이브 후유증과 관련된 기사는 없었다. 함께 차에 탔던 매니저는 오늘 출근도 못 했다.

TV 속에서 획기적인 발견이라며 떠드는 학자들을 바라보던 솔은 거칠게 머리칼을 헝클이며 한숨을 내쉬었다. 마법 아이돌이 등장했을 때가 떠올랐다. 이번 사건처럼 기존 아이돌은 '없는' 존재인 것처럼, 철저하게 무시됐었다.

마법 없는 아이돌이 마법의 홍수를 역행할 수 있는 무대를 만들려면 어떡해야 할까.

'완벽한 군무를 보여야 하고, 숨 꼬리 하나 흐트러지지 않는 라이브를 해야 하지.'

하지만 아무리 노력해도 마법을 쓰는 무대를 이길 수 없었다.

솔도 그걸 잘 알았다.

그렇다고 노력을 안 할 수는 없었다.

그래서 연습실에서 스타원은 항상 격하게 대열을 맞췄다.

"……원, 투, 세븐, 에잇! 응, 맞아. 거기선 그런 느낌으로 가자."

"형, 고마워. 후렴에서 팔 돌리는 동작이 좀 어려운 것 같아."

"오케이. 다시 한번 가보자. 음악 틀어줘."

마법 아이돌과 어깨를 나란히 하기 위해 스타원의 안무는 어떤 그룹보다도 난이도가 높았다.

콤마 단위까지 맞춘다는 기세로 몇백 번씩 서로 안무를 맞추었다.

어느새 이마에 땀이 송골송골 맺히고 트레이닝복이 등부터 흠씬 젖어갈 때쯤, 격한 연습이 끝났다. 유진이 말했다.

"여기까지. 타호, 너는 나랑 다시 맞추자."

"아, 형! 조, 조금만 쉬고! 나 힘들어."

"안 돼. 물 마실 시간만 허락한다."

"너무해. 솔 형, 유진 형 좀 말려줘. 나 진짜 체력이 바닥이란 말이야."

솔은 활짝 웃으며 타호에게 생수병을 줬다.

"아까 보니까 타호만 틀리더라. 자, 물은 마셔야지."

"아아아……."

솔은 친절하게 생수병 뚜껑을 열어 줬다. 타호는 물을 마시며 눈치를 봤다. 솔은 방긋 미소 지으며 말했다.

"하지만 연습은 해야지. 유진 형이 우리 타호를 위해서 친히 알려주는 거잖아."

"아, 형……."

"화이팅!"

솔이 이렇게 나오면 어쩔 수 없었다. 타호는 고개를 푹 숙이고 중얼거렸다.

"아, 주위에 연습 벌레밖에 없어. 가끔 보면 진짜 노력하지 못해서 죽은 귀신들이 붙어 있는 거 같아."

"타호야. 연습은 즐거운 거야."

솔은 타호의 어깨에 팔을 올렸다.

"힘들긴 해. 그런데 사람이 극한으로 노력하다 보면 말이야. 뭔가 갑자기 확 좋아질 때가 있거든. 그 순간을 느끼는 거 굉장히 짜릿해. 잘 모르지만, 뇌에서 엔도르핀이 확 도는 거 같다니까."

"그, 그거 위험한 거 아니야?"

"그냥 연습 많이 하면 오던데."

듣고 있던 유진이 말했다.

"러너스 하이(Runner's High) 같은데?"

“아, 운동선수들에게 온다는 거?”

“응. 그런데 춤 연습하다 러너스 하이라니. 솔, 너도 참 대단하다.”

솔은 피식 웃었다.

‘뭐, 러너스 하이일 수도 있지만…….’

조금 달랐다.

“난 관객들이 우리 무대에 환호해줄 때 그걸 많이 느껴.”

“뭐, 그건 나도 그래.”

조명이 쏟아지는 무대 위에서 환호해주는 팬들을 바라볼 때면 솔은 뇌 속에서 폭죽이 터지는 듯한 느낌이 들곤 했다.

온몸의 말초신경에 즐거움이라는 탄산이 시원히 터져 나가는 기분이었다.

그래서일까, 무대가 좋았다. 무대가 선사하는 격한 기쁨에 중독되었다.

무대에 서기 위한 준비라면 힘든 연습조차 짜릿했다.

‘물론, 그 무대가 점점 더 멀어지지만.’

인기는 점점 떨어졌다. 스케줄이 줄어드는 게 체감되었다.

마법 없는 아이돌은 당연하다는 듯 사장되는 중이었다.

솔이 시무룩해져 상념에 빠져 있을 때, 유진이 타호의 티셔

츠를 잡고 질질 끌고 갔다.

"잡담은 여기까지. 연습하자, 타호야! 오늘도! 즐거운! 연습!"

"아, 안 즐거워! 힘들어! 솔 형, 살려줘!"

"자자, 그러지 말고! 타호 너만 동작 안 맞았다니까!"

솔은 자비롭게 웃으면서 손을 흔들었다.

"타호야. 이따 보자!"

"솔 형이 날 배신하다니!"

"그게 왜 배신이야. 네 춤을 위해 타호 널 나에게 보내주는 거지."

이러니저러니 해도 타호는 체력이 좋았다. 아마 연습을 거뜬하게 끝낼 것이다.

솔은 천천히 숨을 내쉬었다. 부정적인 생각만 이어져서일까, 이상하게 피곤했다.

'눈이 가물거려.'

몸이 자꾸 꺼지고 땀이 이마를 타고 내려왔다. 솔은 티셔츠 자락으로 땀을 닦았다.

연습실 조명이 유독 눈부셔서인지 눈이 감겼다.

'조금만 눈 좀 감고 있자.'

지쳐서일까. 나른함이 몰려왔다. 정신이 아득해졌다.

솔은 바닥에 쓰러져 어깨를 감싸 안았다. 멤버들의 소음이 멀어지며 익숙한 감각이 솔을 휘감았다.

'싫…….'

차갑고 난폭한 바람이 느껴지는 공간으로 솔은 '또' 떨어졌다.

제3화

이어지는 악몽

"여기는……."

스산하고 눅눅한 공기가 몸을 짓눌렀다.

몸을 일으키며 눈을 비벼 뜬 솔의 눈에 보인 건 회색빛 거리였다.

음산하기 짝이 없었다. 아스팔트도, 가로수도 죄다 뒤집힌 채였다.

잔해 속에서 살아 숨 쉬는 것은 아무것도 없었다. 유일하게 움직이는 물체란, 솔뿐이었다.

"폐허?"

목덜미를 손으로 감싸며 웅크려보았지만, 그럴수록 바람은 무자비하게 불어올 뿐이었다.

솔은 다시 한번 주위를 둘러보았다.

검은 하늘에 붉은 줄이 섞여 있었다.

천둥이 치고, 거리의 빛은 변했다가 다시 돌아오길 반복했다.

모든 게 무너지면 이렇게 될까. 건물의 잔재들이 여기저기 널려 있었다.

외롭고, 추운 곳이었다. 멸망의 낭떠러지 끝 같은 곳이었다.

솔은 자신이 잠들었던 마지막 순간을 떠올렸다.

그래도 눈앞에 있는 현실은 바뀌지 않았다.

'젠장.'

이대로 있을 수는 없었다. 솔은 천천히 앞으로 나아갔다. 지나가는 발자취마다 서걱거리는 모래가 밟혔다.

……세상의 끝에서 조각나 떨어진 곳. 그냥 그렇게 느껴졌다.

그런데 조금 익숙했다. 솔은 눈을 가늘게 떴다. 걷다 보니 어딘지 알게 됐다.

부서졌지만 익숙한 건물이 보였다. 솔도 알고 있는 곳이었다. 하지만 결코 이런 곳은 아니었다.

'콘서트장…….'

매번 보는 곳이라서 잘 알았다. 솔의 스마트폰 배경 화면이었다. 언젠가 저곳에서 공연하는 게 꿈이었다.

골조만 남은 콘서트장은 처참했다.

솔은 천천히 콘서트장을 향해 걸어갔다.

만약 인기가 많아진다면 저곳에서 콘서트를 열 수 있기를 늘 바라왔다.

콘서트장 사진을 배경화면으로 설정해두고, 당당히 무대에서는 스타원을 상상하며 의욕을 불태웠다.

그런데 지금 그곳은 무너진 잔해와 뼈대만 남아 있었다.

솔은 마치 자신의 꿈이 부정당한 듯 느껴져 긴 신음만을 흘렸다.

손이 덜덜 떨리기 시작했다. 내면 깊숙한 곳으로부터 원초적인 감정이 뛰쳐나왔다.

감정을 인식하자마자 솔은 바로 돌아서서 콘서트장으로부터 멀어졌다.

발을 헛디디면서도 무작정 뒤돌아 달렸다.

건물의 잔해가 밟혔다. 회색빛 모래와 조각들이 튀어 올라 발등을 찔렀다.

얼마나 달렸을까.

솔은 다리를 멈췄다. 그제야 알았다. 한 발자국도 나아가지 못한 채, 계속 같은 곳이었다.

초조함에 입술을 깨물었다. 멀어지고 싶었다. 하지만 벗어나지 못했다.

사실, 솔은 알고 있었다.

이 뒤에 자신에게 찾아올 필연적인 악몽을.

벗어날 수 없는 거대한 눈동자를.

꺼리고 피해야 하는 거대한 것. 닿지 말아야 할, 무언가.

하지만 모든 운명처럼 그건 결국 나타날 것이다.

돌풍이 불었다. 그토록 두려웠던 순간은 결국 발끝에 닿았다.

마치 머릿속에서 울리는 듯, 귓전을 때려오는 목소리가 들렸다.

《소원이……》

어깨가 움찔 떨렸다.

《뭐야?》

다리가 무거워졌다. 머릿속이 몽롱해졌다.

깔깔거리는 웃음이 들렸다. 솔은 한 걸음 물러서려고 했다. 하지만 다리가 움직이지 않았다.

《말해봐.》

목소리가 점점 가까워졌다. 솔은 다시 한번 저항하려고 통나무처럼 딱딱한 몸을 뒤틀었다.

하지만 바람은 듣지 않았다. 도망가야 할 몸은 그대로 뒤로 넘어갔다.

툭-

머리카락이 황폐한 땅 위로 흩어졌다. 솔은 눈을 깜박였다.

가슴 위로 거대한 것이 몸을 짓눌렀다.

식은땀이 흘렀다. 자신을 깔고 있는 거대한 존재의 발톱은 퍽 날카로웠다.

솔은 자신도 모르게 기침을 토해냈다.

콜록. 콜록.

기침 때문에 눈물이 고였다. 솔은 눈가를 훔치려 팔을 들었지만, 몸에 힘이 들어가지 않아 그마저도 실패했다.

겨우 기침을 멈추고 눈을 떠 눈앞의 존재를 마주한 순간.

세로로 길게 찢어진 거대한 두 개의 동공이 솔의 시선을 따라 움직였다.

외형은 고양이지만, 웬만한 맹수를 뛰어넘는 몸집을 가졌다.

"……."

숨이 막힌 솔이 눈을 가늘게 뜨자, 고양이의 눈가가 살짝 휘었다.

가느다란 웃음에 온몸에 소름이 오소소 돋았다.

솔이 대답을 미루자, 날카로운 발톱은 가슴속을 더욱 깊이 파고들었다.

《소원을 말해 봐. 간절한 거 하나 있잖아.》

이상했다. 괴물의 말을 들을 이유가 없었다. 하지만 솔은 자기도 모르게 생각했다.

'내 소원? 그거야…….'

항상 바랐던 것이 있었다. 솔은 자기도 모르게 입 밖으로 내뱉으려고 했다.

마법.

항상 염원했다. 마법을 쓰면 얼마나 좋을까.

솔은 콘서트장을 떠올렸다. 그곳은 꿈의 장소였다. 항상 멤버들과 그곳에 서기를 염원했었다. 너무 간절해서, 바람이 습관이 될 정도로 말이다.

'그런데 거기…….'

순간 머릿속에 아까 봤던 폐허가 떠올랐다. 음산한 골조만 남은 콘서트장이 스쳐 지나갔다.

'무너졌잖아.'

순간 머리에 찬물이 끼얹어진 거 같았다. 생각보다 본능이 더 빨랐다.

솔은 온 힘을 다해서 몸을 비틀었다. 날카로운 발톱에 옷이 찢기고 피가 났지만, 저항을 멈출 수 없었다.

기적처럼 몸은 자유가 됐다. 다리가 움직이자, 솔은 정신없이 달려갔다.

《쳇!》

짧은 신음성과 함께 고양이가 쫓아오는 소리가 들렸다.

타다닥-

솔은 있는 힘껏 달려갔다. 숨이 턱까지 차올랐고, 설상가상으로 더는 길이 없었다. 그곳은 이미 다른 건물로 막혀 있었다.

솔은 주위를 둘러보다 제일 잔해가 복잡하게 무너진 곳으로 정신없이 뛰어 들어갔다.

다행히 그곳은 넓고 숨을 곳이 많았다. 숨을 몰아쉬다 겨우 알았다. 자신이 도착한 곳은 무너진 무대 위였다.

음산한 바람이 다시 강하게 불어닥치기 시작했다.

솔은 잔해 속에 몸을 숨기고 주위를 둘러보았다.

괴물이 달려오는 소리가 들렸다. 솔은 초조하게 사방을 살폈지만, 할 수 있는 것이 없었다.

'어떡하지?'

무너진 무대 바닥이 발에 밟혔다. 부서진 조명이 모래바람에 흔들렸다.

하늘은 여전히 까맸다가 붉어지기를 반복했다. 솔은 뒤를 돌아봤다. 그림자가 생겼다가 다시 없어졌다.

그때였다.

검붉은 하늘 사이로 환한 빛이 쏟아졌다. 솔은 멍하니 그 빛을 바라보았다.

옅은 민트색 빛은 보기에도 퍽 따듯해 보였다.

솔은 천천히 빛을 향해 다가갔다. 춥고 아픈 곳에서 이 빛은 신기할 만큼 다정했다.

이상한 믿음이 생겼다.

알아챈 순간, 망설일 이유가 없었다. 솔은 바로 그 빛 속으로 뛰어갔다. 온몸이 빛으로 들어간 순간, 무언가가 자신의 손을 잡아 끌었다.

부드러운 빛이 온몸을 감싸 안았다. 빛 속은 너무나 포근하고 아늑했다.

계속 추운 곳에 있었던 탓일까.

“따듯해.”

솔은 저도 모르게 중얼거리며 웃었다. 다정한 빛은 계속 온몸을 맴돌다가 천천히 흩어졌다.

빛들이 속눈썹에 닿았다가 퍼졌다. 황홀할 정도로 모든 것이 아름다웠다.

솔은 빛이 사라지는 게 아쉬웠다. 그래서 빛을 어떻게든 잡으려고 했다. 하지만 민트색 빛은 계속 손에 맴돌다가 서서히 사라졌다.

손에 남은 온기도 천천히 식어갔다. 솔은 안타까움에 신음을 뱉었다.

빛은 결국 모조리 사그라들었다. 솔은 남은 온기를 지키기 위해 손을 꽉 쥐었다.

그런데 뭔가 이상했다.

“……?”

손안에 무언가가 있었다. 솔은 천천히 손을 폈다. 빛의 온기가 사라진 곳에 작은 물건이 덩그러니 있었다.

솔은 손안의 물건을 살짝 굴려봤다.

"주사위?"

일반적인 육면체 주사위가 아니어서 깨닫는 데 시간이 걸렸다.

주사위는 빛의 온기를 머금고 있었다. 솔은 눈을 감고 온기를 온전히 느꼈다.

춥고 아픈 곳에서 너무 오래 머무른 탓일까. 점점 감각을 잃고 굳어가는 몸을 느끼며 사라져가는 소중한 온기를 아스라이 붙잡았다.

온기가 서서히 흩어졌다.

다시 소음이 들렸다. 살며시 눈을 뜨니 희미한 빛이 보였다. 하지만 따듯했던 그 민트색 빛은 아니었다.

이건 솔이 잘 아는 빛, 연습실 빛이었다.

시야가 다시 밝아졌다. 솔은 눈을 깜박였다. 가물가물한 시야가 다시 돌아왔다.

솔은 입술을 달싹였다. 희미한 신음이 흘러나왔다.

"아……."

솔은 몸을 일으켰다. 머리가 어지러웠다.

유진의 목소리가 들렸다. 굳이 시선을 돌릴 필요는 없었다. 정면의 연습실 거울에 둘이 연습하는 게 한눈에 보였다.

솔은 그대로 눈동자만 움직였다. 아비스는 구석에서 누워 있었다. 옆에 스마트폰을 보는 비켄까지. 완벽한 일상이었다.

솔은 고개를 휘휘 저었다. 그제야 현실이 인식되었다.

'또 꿈인가.'

꿈에서 움직일 수 없었던 것처럼 근육이 죄다 뭉쳐 있었다.

뻐근한 감각에 어깨를 주물렀지만 좀처럼 나아지지 않았다.

눈 밑이 파르르 떨렸다. 어째 자기 전보다 더 피곤했다.

금세 잊히곤 하는 꿈과 달리, 거대한 고양이가 강렬하게 뇌리를 스쳤다.

폐허가 된 콘서트장과 민트색 빛도 떠올랐다.

솔은 자신의 손을 내려 보았다. 이 손에, 그 빛이 있었다.

한숨이 저절로 나왔다. 다시 어깨를 주무를 때였다. 누군가가 등을 두들겼다.

"아……."

솔은 피식 웃었다.

비켄이 다가와 옆에 앉더니 등을 두드려 주었다.

순간이지만 음울함이 씻기는 듯했다.

"비켄 님, 감사합니다."

"뭘. 솔 할아버지, 등 좀 대세요."

"뭐야. 나 할아버지야?"

"네. 손자 효도 좀 받으시죠."

솔은 자연스럽게 상황극을 받아넘겼다.

"오냐, 좀 해봐라. 거기."

솔은 편안하게 등을 댔다. 비켄은 기다렸다는 듯 손바닥으로 꽉꽉 눌렀다.

"할아버지, 장난 아니시네요. 근육이 잔뜩 뭉치셨어요. 손자는 용돈 좀 받아야 할 거 같아요. 그런데 형, 아까 연습 들어가기 전에 스트레칭하지 않았어?"

"아까 잠깐 잤는데 악몽을 꿔서 그런가. 몸살 한번 앓은 기분이야. 이거 스트레칭 다시 하면 풀릴까?"

비켄은 이제 팔꿈치로 어깨를 눌렀다. 솔은 아파서 앓는 소리를 냈다.

"으으, 거기 아파."

"안 하는 거보다는 낫겠지. 참으세요, 할아버지. 장난 아닌데. 나, 진짜 뭐 받아야 할지도?"

솔은 피식 웃었다.

"거 너무 비싸게는 하지 마라."

둘은 킥킥거리며 웃었다. 그 소리에 흥미를 느낀 건지 누워 있던 아비스가 흐느적거리며 다가왔다.

"그런데 형, 계속 악몽 꾸는 거야?"

"응."

"무슨 꿈인데?"

솔은 살짝 고민했다. 얘길 해도 될까.

사실 자신도 혼란스러웠다. 굉장히 중요한 꿈인 거 같기도 하고, 별것 아닌 것 같기도 했다.

"꿈을 꿨는데, 악몽이야."

"응."

"계속 이어서 꾸거든. 그냥 꿈은 아닌 거 같아."

"신기하네. 형, 이럴 때는 말이야. 문명의 이기를 사용하자."

무슨 말이지? 솔이 고개를 갸웃거리자 비켄이 말했다.

"검색해보자. 이어서 꾸는 꿈."

솔은 다시 한번 웃었다. 그런 것도 검색하면 나오나.

"그래. 해보자. 아, 폰 저깄다. 잠시만."

솔이 일어나서 스마트폰을 가져오려고 하자, 가만히 옆에 있던 아비스가 말했다.

"내 거로 검색할게. 꿈에 뭐 나오는데?"

"음…… 고양이? 그래. 고양이에게 쫓겨."

솔은 그 고양이가 괴물처럼 크다는 사실은 말하지 않았다. 아비스가 검색해보더니 고개를 갸웃거렸다.

"불의의 사고나 배신당하는 꿈이래. 교통사고 위험이 있다는데?"

생각보다 심각했다. 솔의 어깨에서 손을 뗀 비켄이 아비스와 함께 결과를 보며 말했다.

"형, 몸조심하래."

"그, 그래. 조심하지 않으면 큰일 나겠네."

"가벼운 꿈이 아닌데?"

솔은 떨떠름하게 대답했다.

"그런가. 그래도 꿈은 꿈이니까."

그때였다. 갑자기 억센 힘이 어깨를 눌렀다. 솔은 고개를 살짝 뒤로 젖혔다.

"유진 형?"

유진이 솔의 반대쪽 어깨를 잡고 눌렀다.

"뭉치긴 했네."

"그나마 비켄이 풀어줘서 이 정도야."

"무슨 꿈인데 이래."

솔은 한숨을 내쉬었다.

좀 더 자세히 말하면 어떨까 싶지만, 스타원이 벼랑 끝에 있는데 거기에 자신의 불안감마저 얹고 싶지 않았다.

"그냥 넘어가자. 꿈은 꿈이지 뭐. 뭔가 있다고 생각하면 자꾸 의미만 부여하게 되니까."

비켄이 고개를 끄덕이며 말했다.

"맞아. 그냥 개꿈이라 쳐. 뭔가 있다고 생각하면 우리 연습실에도 못 있어, 무서워서."

유진은 솔의 등을 퍽퍽 두들겼다.

"하긴 여기 좀 유명하지. 유령 있다고 하잖아."

"나도 가끔 보는걸. 막 아무도 없는데 문 열리고, 바꾼 지 얼마 안 된 LED가 갑자기 꺼진다니까."

유진은 고개를 끄덕였다.

"가끔 이상한 빛도 보여. 그, 민트색 빛."

솔은 깜짝 놀라서 눈을 깜박였다.

"색이 민트색이야?"

"응. 넌 본 적 없어?"

솔은 고개를 저으며 생각했다. 그러고 보면 꿈속에서도 그 빛은 민트색이었다.

"혹시 그 빛, 따듯해?"

"글쎄, 그거까지는 모르겠는데? 뭐, 무섭지는 않았어."

꿈에서 본 빛은 아닌가.

솔은 숨을 깊게 내쉬었다. 그러고는 자리에 앉은 상태로 다리를 벌려 스트레칭을 시작했다. 더는 이 화제가 입에 오르는 게 싫었다.

"이러다 말겠지. 다들 신경 쓰지 마. 스트레스를 좀 받았나 보지 뭐."

애써 떨쳐내려는 기색인 솔에게 다가간 아비스가 허리를 꾹꾹 눌러줬다.

"억!!"

"형, 이번엔 제대로 몸 풀어."

"윽! 야! 잠깐!"

어느새 합세한 비켄이 솔의 다리를 조금씩 더 벌리고 있었다.

"어? 아, 안 돼!"

솔이 비명을 지르자 다들 피식거리며 웃었다. 무거웠던 공기가 슬쩍 사라졌다.

제 4 화

GO! GO! 매직 아일랜드

“나 자판기 좀 다녀올게.”

비켄은 웃으면서 말했다.

“형, 나 콜라. 아까 안마해준 용돈.”

“알았어. 유진 형은? 음료수 뭐?”

“난 됐어.”

“응. 아, 안무 선생님 언제 온다고 했더라?”

“한 시간 뒤?”

“별로 안 남았네. 갔다 와서 바로 다시 연습하자. 아, 유진 형, 부탁해. 애들 좀 깨워줘.”

“알았어. 깨울게. 타호 저 녀석, 별로 하지도 않았는데 완전히 퍼졌네.”

솔은 연습실 문을 열고 복도 밖으로 나갔다. 복작복작했던 연습실 소음이 문 하나 닫으니 사라졌다.

솔은 뻐근한 어깨를 돌리면서 걸어갔다.

타박타박.

정적 속에서 자신의 발걸음 소리밖에 들리지 않았다.

그때였다.

"……?"

솔은 고개를 갸웃거렸다. 오른쪽 벽에 민트색 빛이 어렸다가 사라졌다.

솔은 천장을 봤다가 다시 빛이 나타났던 벽을 바라보았다. 이번에는 아무것도 없었다.

잠시 멈춰 있다가 다시 걸어가려 할 때였다. 벽에 다시 민트색 빛이 어렸다.

"어?"

이번에는 확실했다. 솔은 바로 빛 쪽으로 달려갔다. 그리고 빛에 바로 손을 내밀었다.

만져 보고 나서야 알았다.

'따듯해.'

꿈속에서 봤던 것과 똑같았다.

빛이 점점 커졌다. 솔은 반가운 듯 살풋 웃었다.

악몽 속에서 이 빛은 구원처럼 상냥했었다.

빛이 빙글 맴돌았다. 솔은 빛을 손안에 잡으려고 했다. 하지만 한번 환하게 빛났던 빛은 천천히 사그라들었다.

빛이 완전히 사라졌다.

순간 환상에서 깨어난 듯 솔은 눈을 깜박였다.

좀 이상했다. 왜 꿈에서 봤던 게 현실에 나온 걸까.

연습실에서 얘기했던 유령이 이걸 말하는 거였을까.

솔은 주위를 둘러보았다. 연습실 복도는 여전히 조용했다. 솔은 그제야 지금 벌어진 일을 깨달았다.

'잠깐. 지금, 꿈 아니지?'

소름이 돋았다. 솔은 황급히 고개를 저었다. 이건 너무 이상했다.

폐허와 괴물이 머릿속에 스쳐 지나갔다. 꿈에서 겪었던 두려움이 가슴을 찔렀다.

"……그건 그냥 꿈이야. 그래야 해."

그게 진짜로 이루어진다면 너무하잖아.

솔은 심호흡하며 생각을 애써 털어냈다.

그만 생각하기로 다짐하고 막 돌아설 때였다. 솔은 발걸음을 멈췄다.

손안에 뭔가가 있었다.

"어?"

딱딱한 감촉의 작은 무언가가 손안에서 굴렀다. 솔은 손을 폈다.

"……."

꿈에서 봤던 주사위였다.

"허……."

순간, 웃음이 나왔다.

열심히 아니라고 했다. 실컷 부정했는데, 손안에 이것이 있었다.

솔은 주사위를 쥔 채 계속 웃었다.

"하…… 하하."

왜 이렇게 웃음이 나오는지 영 알 수 없었다.

주위에 빛은 더는 없었다. 하지만 손안에는 주사위가 남아 있었다.

솔은 뒤를 돌아봤다. 연습실에서 여기까지 걸어온 길이 있었다. 연습생부터 데뷔, 그리고 인기 없는 현실이 쭉 이어져 있었다.

입가에 웃음이 사라졌다.

그렇다면, 이제 어떻게 되는 거지?

이상한 일이 펼쳐졌지만, 방법을 알려 주는 사람은 없었다.

〈GO! GO! 매직 아일랜드〉

유진은 손에 쥔 큐시트를 바라보았다. 컴백 기념으로 들어가는 간단한 교양 프로그램이었다.

'마법을 못 쓰는 아이돌에게 매직 아일랜드에 가는 프로그램이라니…….'

악의가 가득한 건지, 아무 생각 없이 기획한 건지.

조금의 불쾌감을 느낀 유진은 솔을 힐끗 바라보았다.

"……."

요새 무슨 일이 있는지 솔은 예전 같지 않았다.

물론 성실하게 연습과 녹음을 이어 갔다. 개인 스케줄도 허투루 하지 않았다. 워낙 철저한 애라서 티가 많이 나지는 않았다.

하지만 유진은 알았다.

스타원의 리더는 지금…… 살짝 넋이 나가 있었다.

유진은 한숨을 내쉬며 카메라를 쳐다봤다. 각자의 사정이 어쨌든 시간은 잘도 가고, 스케줄은 어김없이 다가왔다.

유진은 머리칼을 쓸어 올렸다.

방송을 통해서가 아니어도 '매직 아일랜드'엔 한번 와보고 싶긴 했었다.

이곳은 10년 전 웨이브로 마법이 생기며 격변할 때 지구 곳곳에 생겨난, 일종의 중첩 지역이다.

처음에는 출입금지 지역이었지만, 현재는 개발되어 유원지와 연구소로 개방되어 있었다.

마법 아이돌들은 이곳에 오면 마법 에너지가 차오른다고 한다.

마법 에너지가 없어서 그런가. 유진은 그런 느낌은 한 번도 받은 적 없었다.

'마법이라.'

유진은 쓰게 웃었다. 저번에 솔과 얘기했던 대로, 솔직히 이것만큼 간절한 게 없었다.

'내가 마법을 쓸 수 있으면 다 해결될 텐데.'

만약, 아주 만약에 대가가 필요하다고 하면 수명을 바쳐서라도 당장 쓸 수 있게 해달라고 할 텐데.

유진은 다시 한숨을 내쉬었다. 생각해봤자 소용없는 일이었다.

한숨을 쉰 유진은 다시 옆을 힐끔 바라보았다. 스타원의 리더는 여전히 넋이 나가 있었다.

〈GO! GO! 매직 아일랜드〉 촬영은 일찍 끝났다. 스타원은 스태프들에게 허리를 굽혀 인사했다.

"수고하셨습니다."

"수고하셨어요!"

감독은 알았다는 듯 손짓했다. 솔은 고개를 들었다. 새벽부터 시작된 촬영이어서인지 다들 힘들어 보였다.

솔이 매니저를 찾을 때였다. 유진이 말했다.

"솔아. 매니저 형 조금 늦게 온대."

"뭐?"

"우리보고 조금만 대기해달라고 하던데?"

솔은 눈을 깜박였다. 매니저는 그럭저럭 성실한 사람이었다. 이런 적은 정말 처음이었다.

짚이는 게 있었다.

“저번에 겪었던 블랙워터 웨이브 후유증 때문인가?”

“그런 거 같더라.”

“요즘 부쩍 힘들어 보이긴 했어.”

솔은 숨을 길게 내쉬었다. 여전히 TV에서는 블랙워터의 효능에 대해서는 끊임없이 얘기해도 후유증을 겪는 사람들은 일절 언급하지 않는다.

비켄이 말했다.

“블랙워터 때문에 진짜 난리 났더라.”

타호가 고개를 끄덕이며 대답했다.

“강원도 쪽인가? 거기 블랙홀이 생겼대. 땅이 숭숭 뚫렸다는데?”

유진이 미간을 찌푸렸다.

“모르고 발이라도 디디면 큰일이겠네.”

“생활에 지장 없게 처리하고 있다는데, 알잖아, 그거 굉장히 오래 걸리는 거.”

솔은 쓰게 웃으며 말했다.

“아무리 자원 때문이라지만 그렇게 위험한 걸 계속 추출해도 되는 걸까?”

타호가 고개를 저으며 대답했다.

"블랙워터 때문에 전기가 반값이잖아. 이제 와서 다시 예전으로 돌아갈 수도 없을걸?"

솔은 쓰게 웃었다. 그러고 보면 10년 전에는 블랙워터가 없는 세상이었다고 들었다.

그전의 세상은 어땠는지 사실 기억은 잘 나지 않았다. 그래도 그때는 지금보다는 좀 더 따듯했던 거 같은데.

세간에 대두되는 블랙워터의 가장 큰 부작용은 바로 '공감능력의 상실'이었다.

대격변 이후로 사람 간의 싸움도 잦아졌고, 국가 간 분쟁도 커졌다고 한다.

이내 솔은 고개를 저었다. 지금 자신이 생각해봤자 다 소용없었다. 게다가 지금은 다른 이유로 복잡했다.

불길한 꿈과 괴물, 그리고 주사위.

'아, 주사위…….'

솔은 주머니에 손을 넣었다. 익숙한 감촉이 느껴졌다.

따듯했다. 그리고 마음이 차분히 가라앉는다.

그래서일까. 불쑥 불안한 마음이 들 때마다 주머니 속 주사위를 만지는 건 습관이 되었다.

솔이 계속 주사위를 만지고 있을 때였다. 비켄이 말했다.

"자유시간인데, 우리 좀 여기 둘러보면 안 돼? 여기 오기 힘든 곳이잖아."

"맞아! 어차피 매니저 형 늦게 온다며!"

"찬성! 매직 아일랜드는 개방되어 있지만, 가끔 이유 없이 출입금지 되잖아. 들어왔을 때 구경해야지."

솔은 말리려고 하다가 그만뒀다. 솔직히 자신도 가만히 대기하고 싶지 않았다.

솔은 싱긋 웃으며 말했다.

"찬성."

비켄이 웃으면서 솔의 팔을 잡았다.

"오, 리더가 찬성했다! 웬일이야! 말릴 줄 알았는데!"

"뭐, 우리도 기회가 있을 때 숨 좀 돌려야 할 거 같아서."

악몽과 주사위 때문에 모든 게 어질어질했다. 숨 돌릴 시간을 가지고 싶었다.

비켄이 스마트폰을 만지작거리며 한참을 검색하다가 화색을 띠며 말했다.

"나, 매직 아일랜드 가면 꼭 가보고 싶은 곳 있었어."

"뭔데?"

"점술. 되게 잘 맞는다던데?"

"오."

솔은 비켄의 스마트폰 화면을 같이 봤다.

"주사위 간판이 있는 곳이라고?"

"응. 여기 가서 좀 물어보자."

"뭘 물어보게?"

"그냥, 뭐. 우리 이번 앨범 잘될지 말이야."

솔은 웃으면서 말했다.

"우리 잘 안 된다고 하면 어떡하려고?"

"에이. 진짜 믿는 거 아니야. 그냥 재미로 보는 거지. 잘된다고 하면 더 좋고."

솔은 고개를 끄덕였다. 솔직히 자신도 알고 싶긴 했다.

"그래. 가자. 그런데 조건이 있어."

솔은 멤버들을 돌아보며 말했다.

"좋은 말만 믿자. 나쁜 말은 그냥 넘기는 거다. 알았지?"

유진이 피식 웃었다.

"리더가 참 현실적이야."

"음, 그래서 별로야?"

"좋다는 얘기야."

“가자. 어디야?”

“여기에서 가까워!”

비켄은 팔을 풀고 바로 앞장서 뛰어갔다. 그 뒤로는 아비스와 타호가 쪼르륵 달려갔다.

솔은 조용히 뒤따라갔다. 그때, 유진이 솔의 어깨에 팔을 둘렀다.

“웬일로 가자고 해? 얌전히 기다려야 한다고 할 줄 알았는데.”

솔은 조금 웃었다.

“새 앨범도 나오는데 뒤숭숭하잖아. 블랙워터 나왔다고 모든 곳에서 그것만 주목하고.”

“그러게. 앨범 나올 때 왜 그런 일이 터진 거지.”

솔은 주머니 속에 넣은 주사위를 굴리며 말했다.

“뭐, 괜찮아지겠지.”

유진은 눈을 가늘게 뜨고 솔을 응시했다.

‘이 녀석, 요즘…….’

비켄이 말한 점술관은 생각보다 멀지 않은 곳에 있었다. 타호는 벌써 문을 열고 손짓했다.

“빨리 와!”

유진은 서둘러 솔의 팔을 잡고 끌었다. 솔은 살짝 끌려가면서 점술관 간판을 보았다.

'어? 뭐지?'

간판에는 주사위가 있었다. 솔은 주머니에 든 주사위를 만지작거리며 한 번 굴렸다.

'좀 비슷한 거 같은데?'

솔이 다시 나가서 간판을 확인하려 할 때였다. 갑자기 뭔가가 깨지는 소리가 들렸다.

쨍그랑-

실내에 울리는 날카로운 소리.

비켄이 들어가다가 뭔가를 깨뜨린 모양이었다.

"너희는 그냥 넘어가는 법이 없냐."

솔은 바로 사과하고, 비켄에게도 눈짓했다. 비켄은 점술가를 향해 고개를 숙였다.

비켄의 사과를 받은 점술가는 후드를 깊게 눌러 쓰고 있어서 입매밖에 보이지 않았다.

솔이 결제하려 바로 카드를 꺼낼 때였다. 드러난 입매가 호선을 그렸다.

"괜찮습니다."

"아니, 그래도. 얼마죠?"

"정말 괜찮습니다. 일단 그냥 기념품이고, 원가는 이천 원이에요."

엥?

비켄이 떨떠름하게 물었다.

"어……, 가게에선 얼마에 파시는데요?"

"음, 기업 비밀이지만 얘기하죠. 이만 원입니다."

"와, 열 배!"

"그러니 괜찮습니다. 뭐, 사과를 안 하셨다면 사만 원쯤 받았겠지만요."

와. 말 한마디에 천 냥 빚 갚는다더니. 그게 이런 뜻이었나.

솔은 다시 한번 고개를 숙였다가 들었다.

"감사합니다."

"뭘요. 점 보러 오셨죠? 기다리고 있었습니다."

누구? 우리를?

솔이 눈을 깜박이자, 점술가는 다시 웃으면서 말했다.

"농담입니다. 누군지 알고 기다리고 있었겠습니까. '어서 오세요, 손님'보단 있어 보이잖아요."

와.

타호가 비켄에게 작게 물었다.

“여기 진짜 잘 맞추는 곳 맞아?”

“그렇다던데?”

점술가가 둘의 대화에 끼어들었다.

“잘 맞추긴 합니다. 그런데 있어 보이는 것도 중요하잖아요.”

솔은 피식 웃었다. 뭔가 분위기가 좀 재미있었다. 그래서일까, 호기심이 샘솟았다.

제 5 화

진명

솔은 의심스러워하는 눈빛으로 점술가를 찬찬히 관찰했다. 점술가는 후드 사이로 나온 긴 머리카락을 만지고 있었다.

의상이 매우 특이했다. 중세 시대의 수도사들이 튀어나오면 저런 느낌일까. 짙은 색 긴 망토에 후드까지 쓰고 있어서 신체 부위 중에 보이는 곳이라곤 팔밖에 없었다.

'헐렁한 옷인데도 몸이 굉장히 좋아 보이시네. 운동하셨나? 아니, 그 이전에…….'

점술가가 깨진 물건을 주우려고 드러난 팔에 이상한 문양이 있었다.

솔은 눈을 깜박였다. 문양을 좀 더 보고 싶었지만, 헐렁한 소매가 금방 팔을 덮었다.

점술가는 웃으면서 말했다.

"의심하는 자는 예지된 미래를 믿을 수 없습니다. 여러분, 믿습니까?"

뜬금없는 말에 솔이 고개를 갸웃거릴 때 비켄이 냅다 외쳤다.

"믿습니다!"

솔이 말릴 틈도 없이 점술가는 다시 웃으며 대답했다.

"좋은 자세입니다, 그렇게 갑시다."

"어딜 가요……."

솔이 황망히 중얼거려도 점술가는 관심조차 주지 않은 채 기묘한 분위기를 이어갔다.

다른 멤버들도 은근히 기대가 되는지 이곳이 싫지 않은 듯한 눈빛을 초롱초롱 빛내고 있었다.

솔도 뒷말을 잇기를 포기하고 입을 닫았다.

솔의 심정을 아는지 모르는지, 비켄은 완전히 흥분한 거 같았다. 솔은 조용히 고개를 저었다.

'비켄, 이런 거 잘 믿는구나.'

솔은 한숨을 내쉬며 주위를 둘러보았다. 하긴 좀 신비한 곳이긴 했다. 매직 아일랜드라서 그런 걸까. 어디를 봐도 신비한 느낌이 들었다.

솔은 벽을 빤히 바라보았다. 묘한 문양이 눈에 띄었다.

그때, 타호가 말했다.

“여기, 문양에 달만 점점 변하네요?”

솔이 문양을 다시 보고 있을 때였다. 점술가는 타호의 관찰력이 의외라는 듯 작게 신음을 내뱉었다.

“눈썰미가 있으시군요. 네, 달이 차오르는 걸 형상화한 것입니다.”

“신기하다. 달과 마력이 상관있나요?”

“별 상관없습니다.”

타호는 고개를 갸웃거렸다.

“네?”

“마력은 그냥 마력일 뿐입니다. 물론 장소의 영향은 좀 받습니다.”

“그, 그럼 이건 왜 이런 거예요?”

“있어 보이려고요.”

타호가 당황해서 말을 못 했다. 솔은 조금 웃었다. 이 점술관, 걱정과 달리 생각보다 유쾌한 곳이었다.

점술가는 긴 손가락으로 후드 밖으로 나온 머리를 쓸어내리며 말했다.

"자, 그럼 손님. 무엇을 보러 오셨나요?"

솔은 웃으면서 말했다.

"뭘 제일 잘 보시나요?"

"어허, 이렇게 말씀하시다니. 보통은 우리 가게에 오시면 연애랑 재물운을 봅니다."

솔이 대답하려고 할 때였다. 비켄이 불쑥 끼어들며 말했다.

"술사님이 제일 잘 보는 거요!"

아비스가 바로 말렸다.

"형, 우리 다음 앨범 잘되는지 알고 싶다며."

"아, 그것도 알고 싶긴 한데. 그래도 제일 잘 보시는 걸 보고 싶지 않아?"

아비스가 솔을 바라봤다. 솔은 피식 웃으며 방도를 제시했다.

"두 개 다 보면 되지."

"아! 그런 방법이! 역시 리더야! 존경합니다, 리더!"

이런 걸로 존경받고 싶지 않았다. 솔이 고개를 저었지만, 비켄은 이미 점에 정신이 팔렸다.

점술가는 양손을 모으며 말했다.

"탁월한 선택이십니다. 역시 기다렸던 분들이시군요."

"우리 두 개 볼게요! 잘 봐주세요!"

점술가는 긴 머리를 한쪽으로 넘기며 말했다.

"제 전문 분야는, '진명'입니다."

뭔가 굉장히 생소했다.

생소한 단어에 비켄은 표정이 와락 구겨졌다. 타호는 여전히 흥미가 많은지 바로 되물었다.

"진명이 뭔가요?"

"좋은 질문이시군요, 손님. 진명이란 진짜 이름입니다. 사람이 지어준 이름이라기보다 영혼의 본질에 가깝겠네요."

솔은 멍하니 점술가의 검붉은 입술만 바라보았다.

"세상 모든 것에 진명이 있습니다. 그 진명을 알면 앞으로 예정된 삶을 알 수 있죠."

"예언 같은 건가요?"

"비슷하지만 약간 다릅니다. 뭐, 어디로 가도 서울로만 가면 된다고 미래를 알게 되는 건 유사할지도 모르겠습니다."

조금 전까지 표정이 안 좋던 게 무색하게 비켄의 눈동자가 반짝반짝 빛났다. 비켄은 바로 물었다.

"그럼 제 진명은 뭐예요? 제 진짜 이름이요."

점술가는 잠시 입을 다물었다. 솔은 눈을 가늘게 떴다.

'뭔가 분위기가 좀 다른데?'

점술가의 검지가 바닥을 향해 빙그르르 돌았다.

초록빛이 잠시 비췄다가 사라졌다. 점술가는 살며시 웃으면서 말했다.

"상자 가장 안쪽에 들어 있던 것."

너무나 막연한 말에 비켄은 바로 물었다.

"무슨 뜻인가요?"

"글쎄요. 해석은 제 영역이 아닙니다."

"상자 가장 안쪽이라니. 고양이 같은 건가?"

"아, 그건 좀 귀엽다."

"그러게?"

솔은 눈을 깜박였다. 멤버들은 모르지만 솔은 알았다.

'상자라면, 그 판도라의 상자를 말하는 건가?'

제일 안쪽에 들어 있는 거면…….

"희……."

솔이 막 말을 하려고 할 때였다. 점술가가 갑자기 검지를 입술에 댔다. 말하지 말라는 신호였다.

비켄의 진명이 재미있는지 바로 타호가 물었다.

"저도요. 저는 뭐예요?"

점술가는 은은하게 웃으며 말했다.

"깊이 뿌리 내린 고목에 거꾸로 매달린 사람."

척 들어도 심상치 않았다. 다들 멈춘 채 침을 꿀꺽 삼켰다. 목울대가 파도 타듯 차례로 울렁였다. 점술가는 굳은 분위기를 환기하려는 듯 가볍게 말했다.

"그렇게 심각한 뜻은 아닙니다."

"무서운데요."

"진명이란 게 조금 그렇습니다. 다른 분들도 알려드리겠습니다."

점술가는 유진을 바라보았다.

"개를 먹어서는 안 되는 사람."

유진의 미간이 찌푸려졌다. 비켄이 옆구리에 매달리며 말했다.

"형, 개 먹지 마."

"안 먹어."

솔은 미심쩍은 눈으로 점술가를 바라보았다.

그때 아비스가 물었다.
“제 진명은 뭐예요?”
“미궁의 설계자입니다.”
“엥? 저 뭐 만드는 거 싫어하는데요. 레고도 싫은데?”
타호가 아비스의 어깨를 잡았다.
“맞아. 너 저번에 예능 촬영에서 블록 조립할 때 다 무너지더라.”
“공간지각 능력? 그거 없다고 들었어. 그래서 살짝 길치잖아.”
“그래도 심하지는 않아.”
다들 그렇게 심각하게 받아들이는 것 같지 않았다. 점술가는 마지막으로 솔을 보았다.
“자, 손님 차례입니다.”
“아, 네.”
솔은 고개를 끄덕이며 왠지 모를 불안감에 주머니 속에 든 주사위를 굴렸다. 여전히 따듯한 느낌이 들었다.
“손님은 ‘아무도 그의 말을 믿어 주지 않는 사람’입니다.”
솔이 눈살을 찌푸렸다. 다른 건 몰라도 이건 좀 너무했다.
“그럴 리가요.”

"맞을 겁니다."

"다들 잘 믿어주는데요."

"제일 중요한 건 믿어주지 않겠죠. 아마 본인이 아예 얘기하지 못하는 것도 있을 테고……."

솔은 주머니 안의 주사위를 놓쳤다.

'어떻게 알았지?'

지금 꿈에 관한 건 애써 얘기를 피하고 있었다. 점술가는 웃으면서 말했다.

"그것 봐요."

얘기를 들은 멤버들이 모두 인상을 찌푸렸다.

뭐라고 한마디 할 것 같은 분위기가 되자 점술가가 어깨를 으쓱이며 말했다.

"이래서 제가 진명은 잘 얘기하지 않습니다. 손님이 대체로 화를 내시거든요."

솔은 미간을 찌푸렸다. 점술가는 웃으면서 말했다.

"그럼, 다음으로는…… 하고 계신 일이 잘 풀릴지 어떨지 물으셨죠? 오시는 순간 알았습니다. 손님들은 아마 잘되실 거예요. 깜짝 놀랄 만큼요."

"엥?"

"날아오르는 걸 대비하셔야 할 겁니다. 왜 그런 말이 있지 않습니까."

점술가는 잠시 뜸을 들이다가 느긋하게 말했다.

"날개를 펼 때 조심하라."

한 번도 들어본 적 없지만, 뭔가 의미가 많아 보였다. 솔이 무슨 뜻이냐고 물어보려고 했지만 점술가는 틈을 주지 않았다.

"자, 예정된 일이 많아 보이긴 합니다. 곧 새로운 만남도 생기겠군요. 아, 마법에 관해 관심 있으십니까?"

굉장히 뜬금없는 질문이었다. 스타원은 전부 고개를 끄덕였다.

점술가는 솔을 스쳐 지나가 책장에 있는 책을 한 권 꺼냈다.

"한 권 가져가시겠습니까?"

솔이 바로 물었다.

"얼마죠?"

"책은 공짜입니다. 싫으시면 안 받으셔도 됩니다."

타호가 바로 손을 내밀었다.

"제가 가져갈게요. 관심 많거든요."

점술가는 타호의 얼굴을 보며 순순히 책을 넘겼다.

"자, 이제 끝입니다. 총 이만 원입니다. 물론, 카드도 됩니다."

"여기요."

솔은 카드를 내밀었다.

"네. 감사합니다, 손님. 뭐 또 묻고 싶은 거 있으십니까?"

'마법'이라는 단어를 들어버린 솔은 더 묻고 싶은 게 산더미였다. 솔이 초조한 기색으로 뭔가를 더 물으려 입을 열었지만, 점술가는 곧 이마를 짚더니 말했다.

"아 참, 죄송합니다. 너무 시간을 지체했네요. 달빛을 받을 시간이어서요."

"달빛을 왜요?"

"마력을 기르고, 유순한 기운을 받아 정제하려고요. 이 길은 수행의 연속이거든요."

"아까는 별 상관없다면서요?"

점술가는 싱긋 웃으며 말했다.

"죄송합니다. 오늘은 이만 닫아야 할 것 같네요."

그러곤 고개를 숙여 보였다.

"안녕히 가십시오, 손님."

나가라는 말이었다. 솔은 눈을 가늘게 떴다. 버텨볼까 싶었지만 점술가는 이미 조명을 끄고 있었다.

'뭐야…….'

솔이 무슨 말을 하려고 할 때였다. 유진이 솔의 팔을 잡아끌었다.

"그냥 나가자."

"형."

"가자."

솔은 한숨을 내쉬며 고개를 끄덕였다. 솔은 유진이 이끄는 대로 점술관 밖으로 나갔다. 제일 큰 형들이 나가자 나머지 멤버들도 따라 나왔다.

문이 닫히자마자 솔이 말했다.

"저기 돌팔이 같아."

비켄이 고개를 저었다.

"아니야, 형. 용하다고 했어."

"기분 나쁜 말만 하던데."

유진이 고개를 끄덕였다.

"좀 그렇긴 하더라."

솔은 고개를 올려 간판을 바라보았다. 주머니 속 그것과 닮은 주사위가 퍽 눈길을 사로잡았다.

왜일까. 그 진명이란 거, 완전 엉터리는 아닌 것 같았다.

그래서 더 붙잡고 물어보고 싶었다. 잘하면 이 주사위와 악몽에 대해서도 물어볼 수 있을 것 같았는데.

“마지막에 우리 쫓겨난 거 맞지?”

“그냥 내보내고 싶은 거지.”

“어, 좀 섭섭하네?”

비켄은 숨을 길게 내쉬며 말했다.

“복수해야지.”

“어떻게?”

“별점 4점 남길 거야.”

유진은 피식 웃으며 비켄의 어깨에 팔을 둘렀다.

“만점이 몇 점인데?”

“5점.”

“그 가게 평균점은?”

“3점.”

“높여주겠네.”

비켄은 가슴을 펴면서 말했다.

“형, 내가 이래 봬도 5점 이하는 안 주는 사람이야.”

“그래, 그래. 우리 비켄, 착하다.”

유진은 돌아서서 멤버들을 보았다.

"가자. 매니저 형 왔겠다. 솔아, 연락 없어?"

솔은 스마트폰을 확인했다. 도착했을 법한데, 아직 연락이 없긴 했다.

"응. 일단 어디 들어가 있자."

비켄이 발랄하게 외쳤다.

"카페 가자! 아이스 아메리카노 먹고 싶어!"

"목마르긴 하다."

멤버들은 바로 일상으로 돌아왔다. 솔은 멀어져가는 멤버들을 확인한 뒤, 주머니 속의 주사위를 꺼내서 간판과 비교했다.

'아무리 생각해도 비슷한 거 같은데?'

지금이라도 들어가서 물어볼까. 바로 퇴근하진 않았을 거 아니야.

이런저런 생각을 할 때였다. 뒤에서 아비스가 불렀다.

"형! 빨리 와!"

"응, 알았어."

솔은 다시 주머니에 주사위를 넣고 방향을 돌렸다. 벌써 아비스는 저 멀리 있었다.

멤버들을 향해 걸어가면서도 머릿속에 진명이 맴돌았다.

‘아무도 그의 말을 믿어 주지 않는 사람’이라니.

‘거의 욕이잖아. 그거.’

아니, 차라리 욕을 해라. 아, 그건 이미 ‘마법 없는 아이돌’이라서 많이 먹고 있긴 하지.

솔은 한숨을 내쉬었다. 가뜩이나 막막한데, 뭐 하나 더 더해지는 느낌이었다.

그 어떤 것도 해결할 방법은 없었다. 그게 참 답답했다.

제 6 화

매니저 DK

정신없이 바쁜 와중에 시간은 갔다. 결국 새 앨범이 나오는 날이 왔다.

솔은 차트를 바라보았다.

'기적은 없구나.'

부쩍 늘어난 한숨과 함께 솔은 유진을 바라봤다.

"……."

스마트폰 화면을 뚫어져라 보고 있는 유진은 숨소리 하나 내지 않고 침묵하고 있었다. 삽시간에 분위기가 차갑게 얼어붙는다.

"……형."

스케줄이나 새로운 매니저에 대한 얘기를 하며 분위기를 풀어 볼까 하고 솔이 유진을 불러봤지만, 유진은 침묵으로 일관

하다 불쑥 다른 말을 했다.

"나, 스타원이 잘된다면 뭐든 할 수 있을 거 같아, 정말로."

"……응."

유진이 먼저 방으로 들어갔다. 솔은 그 뒷모습을 보다 다시 차트를 바라봤다.

스마트폰 화면의 차트는, 미동도 하지 않았다.

"오늘 처음 왔습니다. 반가워요."

스타원 멤버들은 한데 모여 눈앞의 한 남자를 바라보았다.

새로 스타원을 맡게 된 매니저였다.

이전의 매니저와는 결이 매우 달라 보이는 사람이었다.

긴장감이 없는지 능글맞게 웃는데, 속을 알 수 없는 인상이었다.

다들 벙 찐 가운데 비켄이 타호에게 소곤거렸다.

"매니저 형, 몸 되게 좋으시다."

"그러게, 운동 잘하시겠다."

솔도 그건 동의했다. 타이트한 티셔츠 아래 드러난 몸의 굴

곡이 굉장히 다부져 보였다.

아비스가 신기하듯 쳐다보며 물었다.

“형, 팔 좀 만져 봐도 돼요?”

매니저가 고개를 끄덕이자 아비스는 바로 근육을 눌러보았다.

“와, 장난 아니다.”

“근육을 타고나서 체력은 자신 있습니다. 그러니 앞으로 힘 쓰는 건 나한테 맡겨주세요.”

매니저 DK의 낮은 목소리가 귓가에 울려 퍼졌다.

‘목소리가 특이하네.’

솔은 매니저를 빤히 바라보았다. 왜일까. 좋은 사람 같은데, 조금 이상한 기분이 들었다.

‘목소리가 유독 듣기 좋아서 그런가.’

어조와 굵기 다 평범하기 그지없었다. 하지만 왜일까. 묘하게 귓가에서 떨어지지 않고 엉켰다.

매니저 DK가 솔을 보며 말했다.

“리더죠? 잘 부탁드립니다.”

“아, 저도 잘 부탁드려요.”

솔은 매니저와 악수했다. 몸이 다부져서인가, 악력도 참 강했다. 슬슬 손을 놓으려고 할 때였다. 뭔가 특이한 게 보였다.

매니저의 손등에 이상한 문양이 언뜻 스쳤다.

'문신?'

솔이 좀 더 자세히 보려고 할 때였다. 문양은 이미 없었다. 그냥 맨 손등뿐이었다.

'뭐야, 내가 잘못 봤나?'

솔이 눈을 비비는 사이, 매니저는 솔을 힐끗 보고는 말했다.

"와, 다시 봐도 다들 참 잘생기셨네요. 아니, 어떻게 이렇게 예쁜 애들을 모아 놨냐. 뭐 이렇게 다 잘생겼어. 거기에 춤도 잘 추고 인성도 좋고……."

"네?"

횡설수설하는 매니저 DK를 보며 솔은 눈을 가늘게 떴다. 뜬금없는 느낌이 강했다. 마치 뭔가를 숨기려는 것처럼.

'아니, 그보다 우리를 다시 봤다고?'

그냥 넘어갈 수도 있지만, 이상한 문양에 횡설수설까지 하는 매니저를 조금 더 캘 요량으로 솔이 질문을 던졌다.

"우리 구면인가요?"

"오늘 초면인데요?"

솔이 의심하듯 바라보자 매니저 DK가 변명하듯 말을 덧붙였다. 이 상황이 퍽 당황스러웠는지 말이 이상하게 꼬였다.

"아니, 그러니까. 음, 혹시 나 자기소개 망했니?"

"그런 건 아니에요."

"다, 다행이네요. 어쨌든 만나서 반갑습니다. 잘할게!"

좀 이상해도, 잘한다는 사람에게 뾰족하게 말을 할 수는 없었다. 솔은 고개를 끄덕였다.

어쨌든 소개가 끝났고, 스케줄은 가야 했다. 솔은 멤버들을 챙기며 지하주차장으로 향했다. 유진이 솔에게 말했다.

"좋은 분 같지?"

"응. 그런데……."

솔은 눈을 가늘게 뜨고 고개를 갸웃거렸다.

"살짝 수상해. 왠지 어디서 한 번 본 거 같다?"

"그래?"

"기분 탓이겠지. 뭐, 초면이면 어떻고, 아니면 어때."

지금 신경 쓸 게 한두 개인가.

짧은 머리의 매니저 DK가 운전석에 올랐다. 솔은 물끄러미 그 모습을 바라보았다.

솔은 세 시간 만에 인정했다. 매니저 DK는 여태까지 만난 사람 중에서 제일 꼼꼼했다.

쿨링팩부터 수건에 반창고, 더해서 생수까지. 세 시간 내내 매니저가 스타원 다섯 명에게 챙겨준 것들이었다.

'아, 내가 지금 다른 생각을 할 때가 아니지.'

멤버들은 〈게임 왕〉 촬영 강행군을 이어가고 있었다. 대전 VR 게임을 메인 콘텐츠로 삼은 이 프로그램은 아이돌들이 출연해 마법이든 격투든, 본인의 능력대로 싸우는 내용이다.

솔은 숨을 고르며 화면을 봤다.

"……젠장."

가이스.

마치 빛과 어둠처럼 스타원과 대비되는 인기 절정의 그룹이다.

리더인 키스엠이 광폭한 눈빛으로 유진을 바라보고 있었다. 선봉으로 나와 아비스, 비켄, 타호, 그리고 솔까지 쓰러뜨렸지만, 지친 기색 하나 없다.

"우와-!"

VR 속 가상의 관중들이 유진과 키스엠을 두고 함성을 질러

댄다.

"형……."

이내 함성이 잦아들고 침묵이 차오르기 시작했다.

삐-

경기가 시작된다는 소리가 들렸다. 세상이 미친 건지, 왜 이따위 짓거리를 해야 하나 싶었지만, 빠르게 달려가는 유진을 보며 솔은 꼭 이겼으면 좋겠다고 바랐다.

쿠쿵-

키스엠이 쏟아내는 빛 덩어리들이 유진에게 화살처럼 쏘아졌지만, 유진은 대부분을 화려한 스텝으로 피해내기 시작했다.

"아……, 이게 뭔가요."

"어, 엄청나네요, 유진! 사람이 이게 가능한가요?"

MC들이 경악하든 말든 유진은 침착한 눈을 하며 키스엠에게 파고들었다.

"크-!"

서걱-

다급히 물러났지만, 키스엠은 피를 뿌리며 쓰러졌다.

동시에 환호성이 울려 퍼졌다.

"아, 빨라요."

"진짜 몸이 날렵하네요."

검날을 타고 피가 새어 나오기 시작하더니 곧 작은 웅덩이를 만들었다. 화면으로만 봐도 솔은 올라오는 속을 참기 어려웠다. 곧 키스엠의 움직임이 완전히 멈췄고, 전투불능 판정이 이어졌다.

너무나 싱거운 승리에 MC가 바로 외쳤다.

"승자는 스타원의 유진입니다!"

상당히 지친 솔에게 매니저가 기다렸다는 듯 바로 생수를 건네줬다.

"솔아, 여기 물."

"고마워요. 아, 미지근하네요."

"차가운 거 싫어하잖아, 너."

멤버들의 요청으로 말을 놓은 매니저 DK는 여러모로 '형 같은' 존재가 되기 위해 노력하고 있었다.

"……섬세하시네요."

"내가 좀 그렇지. 이야, 그런데 게임이 꽤나 잔인하다."

"아, 격투 VR 게임이라서요."

"그래픽이 막 피가 튀는 게 엄청 리얼한데? 저거 그대로 방영되지?"

유진이 키스엠 다음으로 나온 상대방을 압박하는 걸 보며, 솔은 고개를 끄덕였다. 상대편 캐릭터의 피가 흐르는 모션이 생생했다.

"네. 그대로 나와요."

"세상이 점점 잔인해지는 거 같지 않아? 예전 같았으면 저거 규제했을걸?"

"……그렇죠."

유진이 이기는 게 화면에 보였다. 피를 튀기며 바닥으로 떨어지는 상대 캐릭터를 보며 솔은 작게 숨을 내쉬었다. 유진의 표정도 일그러져 있다.

'……형.'

승자인 유진은 환호가 '입력된' 군중들에게 갈채를 받고 있었지만, 고개를 푹 숙이고 있었다.

덜덜 떨리는 칼날 끝에 맺힌 핏방울이 무정하게 떨어지고 있다.

그때였다. 날카로운 말이 들려왔다.

"저 새끼 약 한 거 아니야?!"

땀을 닦을 생각도 못 했는지 온몸이 푹 절어 있는 키스엠이 솔을 노려보며 말했다.

누가 들어도 패배로 인한 분노로 아무렇게나 지껄이는 말임을 알 수 있었지만, 키스엠은 안하무인이었다. 행동에 수치심이 없었고, 눈빛에는 '난 이래도 된다'는 듯 폭력성이 드글거렸다.

"뭔 개……."

"가시죠."

매니저 DK가 솔의 말을 자르며 말했다.

"뭐야, 이 새……."

황당하다는 듯 매니저 DK를 바라본 키스엠은 그대로 몸이 뻣뻣하게 굳었다.

그리고는 몸을 돌려 다급히 사라졌다.

"……."

어이없는 상황에 솔은 아무 말도 하지 않았다. 매니저 DK는 솔의 어깨를 슬쩍 토닥이고 돌아섰다.

"이따 보자."

"네."

솔은 주머니 속에 든 주사위를 굴렸다. 따듯한 온기가 느껴졌지만, 손끝만 더울 뿐이었다. 느끼려 했던 위안감은 가슴속까지 닿지 않았다.

게임 화면은 지나치게 잔인했다. 그래서일까. 숨이 조금 막혔다.

다음 날.

어제와는 다른, 기분 좋은 스케줄이 있는 날이다.

팬들과 만나는 자리로, 한 줌 팬들의 SNS에는 오늘 사인회에 온다는 말이 가득했다.

솔이 대기실에서 메이크업을 마치고 일어났을 때였다. 막내 아비스가 쓱 다가왔다.

"형, 매니저 오늘 좀 이상하지 않아?"

아니라고 하고 싶었지만, 이 점은 솔도 동의했다.

"조금?"

항상 여유롭던 매니저 DK는 오늘따라 신경이 곤두서 있었다. 솔은 아비스에게 물었다.

"혹시 내가 모르는 무슨 일 있어?"

"아니, 없었어."

"그런데 왜 저러지?"

매니저 DK는 스태프에게 펜스가 부실하다, 위험하다며 소리를 질렀다. 아비스가 고개를 갸웃거렸다.

"저쪽 펜스까지 팬들이 다 찰 리가 없는데?"

"그러게."

"우리 아이온 분들, 많이 오셨으면 좋겠는데……."

솔은 고개를 끄덕였다.

"우리만 일찍 끝나겠다."

"가이스랑 비교되겠네."

공교롭게도 다른 아이돌과 팬사인회 날짜가 겹쳤고, 하필이면 바로 맞은편 건물에서 가이스도 팬사인회를 하게 됐다.

하필이면 시간도 비슷했기에 스타원과 가이스는 스치듯 마주칠 수밖에 없었고, 〈게임왕〉에서 유진에게 올킬을 당한 여파인지 키스엠은 한층 더 강렬한 눈빛으로 스타원을 깔아 봤었다.

솔은 일어서서 창밖을 보았다. 한눈에 봐도 가이스의 팬들과 아이온의 규모는 크게 차이 났다.

"……."

아이온이 주눅 들지 않았으면 좋겠다고 생각한 것도 잠시, 솔은 마음속에 피는 열등감을 느끼며 자괴감을 느꼈다.

아비스가 솔과 함께 팬들을 구경하다 툭 내뱉었다.

"적다, 형."

"……응."

"저번보다 더 적어진 거 같아."

아비스의 말에 솔은 아무런 대꾸를 할 수가 없었다. 실제로도 아이온의 규모는 조금씩 줄고 있었으니까.

"형, 있잖아. 우리 겨우 버티고 있는 거 같은데, 여기서 더 심해지면 형은 어떻게 할 거야?"

"……."

무거운 질문.

솔은 순간 어안이 벙벙해서 아무런 답을 하지 못했다.

아비스는 솔이 대답하지 못하는 이유를 알고 있는지, 우두커니 서서 멍한 눈빛으로 창밖을 바라보고 있었다.

사인회를 하던 스타원은 곧 매니저 DK의 신경이 왜 날카로웠는지 절실하게 깨달았다.

솔은 사인해주면서 팬분과 눈을 맞추며 웃었다. 하지만 마음 한구석에서는 찝찝함을 지울 수가 없었다.

유난히 펜스를 두고 신경전을 벌인 매니저 DK 때문인가. 자신이 예민하기 때문인가. 고민하던 솔은 웅성거리는 소리에 고개를 들어 주변을 살폈다.

결국 펜스가 갑자기 주저앉았다.

근처에 아무도 없어서 인명 피해는 없었지만, 솔은 막연한 불안함을 느꼈다.

솔은 사인회 줄을 힐끔 바라보았다. 상당히 짧아졌다.

그래서인지 벌써 끝났다.

늘 있는 일이고, 그게 문제였다.

가볍게 한숨을 내쉰 솔은 멤버들을 바라보았다. 다들 신경이 쓰이는 듯했지만 내색하지 않았다. 막내 아비스가 마지막 팬분들과 눈을 마주치며 웃는 게 보인다.

"후……."

계속해서 웃은 만큼 어깨가 무거웠다.

솔은 살짝 고개를 숙였다. 옷 사이로 드러난 자신의 목덜미가 괜히 차갑게 느껴졌다.

반사적으로 주머니 속에 넣은 주사위를 매만졌다. 따듯한 온기가 느껴졌다. 하지만 왠인지 희미한 불안감은 없어지지 않았다. 오히려 팔에 소름이 돋았다.

심지어 이명마저 들리기 시작했다.

띠-

솔은 미간을 찌푸렸다. 스트레스 때문인지 몸이 정상이 아니었다.

그리고 이명이 사라진 순간, 사람들의 외침이 들렸다.

"마법 없는 아이돌 퇴출하라!"

솔은 눈을 깜박였다.

'지금 내가 뭘 들은 거지?'

퇴출? 우리를?

제 7 화

기적

행사장 입구로 떼를 이룬 사람들이 몰려들었다. 그리고 아무런 거리낌 없이 들어오기 시작했다. 손끝이 저리면서 차가운 긴장감이 돌았다.

"마법 없는 아이돌을 무대에 세우지 마라!"

외침이 점점 더 험해지자, 아비스가 작은 목소리로 속삭였다.

"우리한테 마법이 없다고…… 저러는 거야?"

솔은 주먹을 꽉 쥐었다. 심란했지만 그래도 지금 할 수 있는 일을 해야 했다.

지금 해야 할 일은, 퇴장이다.

자리에서 일어난 솔이 주변을 두리번거렸다. 매니저가 보이지 않았다. 가드들은 여전히 입구에서 실랑이 중이었다.

"우리 일단 피하자."

"어디로?"

"입구에서 먼 쪽으로 가자."

솔이 아비스를 일으켰고, 유진은 숨을 고르면서 비켄과 타호를 끌고 갔다.

그 모습을 발견한 시위대 몇몇이 소리쳤다.

"재네 피한다!"

"야, 도망가?"

말 하나하나에 상처받을 시간도 없었다. 솔은 멤버들을 잡아끌었다.

그때였다, 아까 주저앉은 펜스를 넘은 사람들이 갑자기 우르르 들어왔다.

솔은 재빨리 아비스와 타호를 자신의 뒤로 보냈다.

팻말을 든 사람들이 이제는 코앞에서 외치기 시작했다.

"마법 없는 아이돌! 퇴출하라!"

사람들은 계속 압박했다. 솔은 등 뒤에 숨긴 동생들 때문에 억지로 중심을 잡았다. 시위대는 그것조차 마음에 안 드는지 결국 팻말로 어깨를 밀었다.

가드 몇 명이 중간에 막으려 했지만 상황은 점점 심각해졌다.

"여기서 이러시면 안 됩니다!"

"야! 막지 마!"

"퇴출하라! 퇴출하라!"

솔은 황급히 뒤돌아보며 말했다.

"타호, 아비스, 괜찮지? 지금……."

솔은 다음 말을 하지 못했다. 시위대 한 명이 솔을 밀어 버렸기 때문이었다. 돌아서서 멤버들을 보고 있던 탓인가, 솔은 그대로 바닥에 엎어졌다.

우당탕탕-

손으로 땅을 짚었지만 온몸에 충격이 고스란히 느껴졌다.

가드들이 서둘러 다가왔다.

"솔아!"

유진이 솔을 일으키려고 다리를 굽혔다. 솔은 유진의 팔을 붙잡고 겨우 일어났다.

"퇴출하라! 물러나라!"

맨 앞에 선 중년 남자의 눈동자가 광기로 번들거렸다. 솔은 숨을 몰아쉬었다. 사실 도망갈 곳도 없었다.

사인회는 아수라장으로 변했고, 결국 맞은편 건물에 있던 가이스의 가드들까지 몰려와서 막았다. 솔은 이마를 쓸어 올렸다.

'이게 다 뭐야.'

유진이 솔의 어깨를 잡았다. 유진이 뭐라 외쳤지만, 멍해서일까, 이상하게 세상이 느린 동작처럼 보였다.

비명을 지르는 팬들, 막으려고 하는 가드들.

겁에 질린 아비스와 필사적으로 멤버를 지키려는 유진까지.

'젠장.'

늘어난 테이프처럼 순간이 점점 늘어졌다. 시위대 팻말이 또 어깨를 찔렀다. 솔이 아파하며 고개를 뒤틀 때였다.

갑자기 누군가의 목소리가 강하게 울렸다.

"여기!"

솔은 눈을 깜박였다. 늘어지던 세상이 갑자기 돌아왔다.

회장의 왼쪽 끝에서 매니저 DK가 이리 오라고 손짓했다.

"유진 형! 저쪽으로 가자!"

생각할 틈이 없었다. 솔은 본능적으로 아비스와 타호를 잡고 달려갔다.

매니저 DK는 스타원이 오자마자 외쳤다.

"따라와라!"

스타원은 매니저 DK를 쫓아 달려갔다. 이상하게도 매니저 DK가 앞장서 발을 내딛는 곳마다 멤버들이 움직일 수 있는 공간이 생겼다.

얼마나 그렇게 달렸을까. 솔은 멤버들을 챙기며 주위를 돌아보았다.

'이상해.'

회장 전체를 빼곡하게 에워싼 채 거칠게 외치던 사람들이 스타원 멤버들에게 달라붙지 않았다. 아니, 정확하게는, 그들에게 스타원이 보이지 않는 것 같았다.

솔은 매니저 DK의 넓은 등을 바라보았다.

스타원과 매니저 DK는 밖으로 나갔다. 솔은 나가면서 시위대를 다시 한번 바라보았다.

자신들이 시야에서 사라졌는데도 그들은 여전히 퇴출을 외쳤다. 다시는 보고 싶지 않은 풍경이었다.

그런데, 솔의 눈길을 잡아끄는 한 사람이 있었다.

솔은 잠시 멈칫했다.

'망토? 아니야. 조금 달라.'

등산복이나 조끼를 입고 광기를 부리는 시위대 속에서 망토 같은 걸 걸친 채 홀로 차분해 보이는 그 사람은 분명 너무나 이질적이었다.

생각은 오래가지 못했다. 매니저가 솔을 잡아끌며 외쳤다.

"솔아!"

"아, 가요!"

솔은 서둘러 매니저 DK의 뒤를 따라갔다. 비상구를 거치니 바로 지하주차장이 나왔다. 매니저 DK는 바로 스타원을 밴 안에 태우고 시동을 걸었다.

밴은 급하게 출발했다. 스타원은 사인회장을 빠져나오면서 아무 말도 할 수 없었다. 지금 이 상황이 믿기지 않았다.

다들 힘들어했지만, 특히 아비스는 겁에 질렸는지 안색이 파리했다.

'젠장.'

솔은 창밖을 바라보았다. 다행히 밴은 사인회장에서 멀어지고 있었다.

그때, 유진이 분이 덜 풀렸는지 거칠게 말을 쏟아냈다.

"야, 진짜. 뭐 이래? 아니, 이건 아니잖아. 막말로 진짜 범죄자들에게도 이렇게 난폭하지 않아. 이유는 마법이 없다는 거 하나야?"

아무리 그래도 이런 일까지 겪을 거라고 생각해본 적 없었다.

그때, 매니저 DK가 말했다.

"너희 다친 곳 없니?"

스타원은 가까스로 정신을 차리고 각자의 몸을 확인했다. 너무 놀랐던 탓인지 다친 고통은 느끼지 못하고 있었다. 솔은 손목을 구부리다가 아릿한 통증을 느꼈다.

'손 짚었을 때 무리했나?'

솔이 다른 손으로 손목을 잡으며 살짝 얼굴을 찡그리자 아비스가 말했다.

"다 괜찮은 거 같은데, 솔 형 손목만 이상해요."

"솔아. 손목 어때?"

"삐끗한 거 같아요. 조금 아파요."

"병원 가자. 그, 이 와중에 할 말은 아닌데……."

매니저 DK는 한숨을 내쉬며 말했다.

"그 정도여서 다행이다. 진짜 크게 다칠 뻔했어."

솔은 눈을 깜박였다. 매니저의 말이 맞다. 그 아수라장에서 다친 건 손목뿐이었다.

“다들 괜찮아?”

멤버들은 고개를 끄덕였다. 솔은 숨을 길게 내쉬었다.

“일단 오늘은 숙소에서 쉬자. 아무 생각 하지 말고. 매니저 형, 우리 스케줄 없죠?”

“없어. 내일 음악방송이 다야.”

다들 고개를 끄덕였다. 시간이 지나서인지 긴장이 조금 풀렸다.

솔은 손목을 돌리다가 미간을 찌푸렸다. 손목도 엉망이고, 옷도 엉망이 되어버렸다.

‘주사위!’

순간 등골이 오싹했다. 솔은 주머니를 확인했다. 아무리 더듬어 봐도 주사위가 없었다.

‘하아…….’

참 이상했다. 난폭한 시위대에게 당한 것보다 주사위를 잃어버렸다는 사실이 참을 수 없이 짜증 났다.

다음 날, 음악방송 대기실. 스타원은 아이돌 대기실 중 가장 좁은 곳을 배정받았다. 눅눅한 공기 때문인지 어제의 일 때문인지 모두 축 처져 있었다.

신곡 의상을 갖춰 입고 리허설까지 마친 후였지만, 가라앉은 분위기의 무거운 느낌이 가슴을 내리눌렀다.

솔은 작은 소파에 앉아, 화려한 메이크업을 마친 멤버들을 찬찬히 둘러보았다.

'오늘 녹화 마치면 말하자.'

그냥 인기가 없는 문제에서 끝날 일이 아니었다.

이제는 마법의 부재가 위협으로까지 이어진다. 어제의 사건으로 회의감이 솔을 잠식했고, 인내심도 남지 않게 됐다. 하지만 우습게도 간절함은 이 순간에도 끝없이 커지고 있었다.

그때 아비스가 솔의 손목을 잡았다. 따스한 온기가 전해졌다.

"형, 손목은 괜찮아?"

"응, 괜찮아."

"다행이다."

조심스러운 기색의 아비스를 본 솔이 곧 정신을 차리고는 멤버들을 향해 말했다.

"우리, 요즘 조금 힘들지만 말이야."

잠시 뜸을 들이자, 멤버들이 더 집중하는 게 느껴졌다. 그 집중력이 솔에게 용기를 줬다.

"오늘…… 진짜 무대 한번 찢어보자."

"……뭐야."

"꼭 당연한 소릴 해, 형은."

다들 피식거리면서 솔에게 핀잔 아닌 핀잔을 줬다.

'마지막인 것처럼.'

남은 말은 뱉지 못한 솔이 괜히 한번 웃으며 머리를 긁적였다.

"꺄아아아아아아!"

스타원이 팬사인회에서 당한 일이 기사에 났기 때문인지 오늘따라 스타원의 팬클럽 아이온이 꽤 많이 온 듯했다.

힘내라는 듯한 팬들의 함성 덕분일까. 솔은 이상하게 평소보다 몸이 가벼웠다.

"~~♬♩"

익숙한 전주의 멜로디도 왠지 새롭게 들렸다.

'좋은 일이 생길 거 같다고 했지.'

솔은 아비스의 말을 떠올리며 왠지 모를 기대감을 안고 동선에 맞춰 한 걸음 앞으로 나갔다.

타호가 부를 첫 소절을 기다리며, 솔이 다리를 조금 굽히고 팔을 옆으로 내뻗었다.

그때였다.

'어?'

솔은 깜짝 놀라 인이어를 매만졌다. 인이어를 타고 들려오는 타호의 목소리가 뭔가 이상했다. 유진도 솔과 비슷하게 느꼈는지 인이어를 만지작거렸다.

스타원 모두가 놀랐지만, 제일 놀란 건 그 소절을 부른 타호였다. 타호는 무심코 자신의 목을 매만졌다.

'내가 이런 목소리를 낸다고?'

톤과 발성 자체가 아예 달랐다. 타호가 노래 연습을 하며 아무리 노력해도 이렇게 부를 수는 없었다. 마치 음색 자체를 완벽하게 보정한 듯한 깔끔하고 이상적인 소리였다.

타호가 성대를 울리며 소리를 낼 때마다 한 음계 한 음계가 별빛을 띠고, 음정으로 그린 악보는 별자리가 된 듯 환상적인 음들이 관객석에 뿌려졌다.

마치 마법같이.

타호는 자신이 내는 목소리라고 믿기지 않을 만큼 아름다운 선율을 느끼며 목을 잡았다.

당혹스러웠던 건 현장에 있는 다른 사람들도 마찬가지였다.

현장 스태프들은 서로 고개를 갸웃거리며 눈짓을 주고받았고, 아이온은 외치려던 구호를 멈추고 멍하니 무대를 바라보고 있었다.

'제발…….'

꿈이 아니길. 아니, 꿈이어도 좋다. 타호는 계속 노래를 불렀다. 멜로디에 겹친 자신의 목소리가 너무나 듣기 좋았다.

유진도 타호의 달라진 목소리에 놀랐지만, 우선 무대를 해야 했기에 동선에 맞춰 앞으로 한 발자국 나아갔다.

이어질 동작은 별것 아니었다. 한 번 튀어 올라 점프했다가 오른팔을 내뻗는 것.

'어?'

하지만 유진은 앞으로 나아갈 때부터 자신에게 생긴 변화를 믿을 수 없었다. 몸이 너무나 가벼웠다. 마치 날개가 달린 것 같았다.

그 상태로 점프를 했다. 온몸에 중력이 사라진 것처럼 팔과 다리는 가볍게 호선을 그렸다.

무게감이 느껴지지 않자 동작 하나하나가 화려해졌다.

카메라의 렌즈가 움직였다. 시간이 멈춘 듯, 키보다 높게 튀어 오른 유진은 공중에 떠서 솔을 바라보았다.

자신을 보며 놀라는 솔의 미세한 눈 떨림이 마치 슬로모션처럼 생생하고 정확하게 느껴졌다.

원래 동작은 점프 후 착지지만, 유진은 한 바퀴 몸을 휘돈 뒤 천천히 내려왔다. 신기하게도 그다음 동작도 지체 없이 자연스레 진행되었다.

온몸이 깃털 같았다. 생각한 것 이상으로 몸이 움직였다. 열기를 품은 희열감이 온몸에 퍼졌다. 이대로라면 영원히 춤출 수 있었다. 아니, 추고 싶었다.

"와아아아아!"

타호의 목소리로 시작된 침묵이 유진의 파트에 이르러 깨졌다. 환희가 느껴지는 아이온의 함성이 스타원의 마음을 대변하는 듯했다.

유진이 자신의 상태에 기쁨을 감추지 않으며 다음 동선으로 이동하는데, 다시 한번 믿을 수 없는 광경이 눈앞에 펼쳐졌다.

멤버들과 팬 사이 허공에서 핸드마이크가 빙글빙글 돌고 있었다. 빠른 속도로 돌아가던 마이크는 비켄의 손짓에 멈추고, 말을 알아듣는 강아지처럼 그의 손에 안착했다.

비켄은 그런 마이크를 달래듯 감미롭게 노래를 이어갔다.

비켄의 파트가 끝나고 간주가 흐를 때, 비켄은 공연장의 공기와 빛을 지휘하듯 가느다란 손가락을 몇 번 허공에 휘저었다.

그러자 손끝에 희미한 빛들이 점점이 모여들더니, 한데 모여 폭죽처럼 터져 나갔다.

펑! 퍼펑!

숨을 참고 그 모습을 지켜보던 멤버들과 팬들은 그제야 막힌 숨을 터트리며 경이로운 탄식을 내뱉었다.

"와아……."

누구보다 이 상황이 믿기지 않는 솔은 눈을 부비며 입을 헤벌렸다.

그래, 마법이었다.

멤버들이 마법을 쓰고 있었다. 항상 먼발치에서 봤던, 마법 아이돌의 마법이었다.

'다들 날개가 달린 거 같아.'

그 생각을 한 순간이었다. 멤버들 어깨에 불꽃들이 날개처럼 일렁이다가 사라졌다.

솔은 바로 알았다.

'뭐야. 방금, 내가 생각한 대로 이뤄진 거야?'

마법이란 이렇게 자유로운 걸까.

솔은 이제 망설이지 않았다. 손바닥 위로 불꽃을 피워내자, 주황빛 불꽃이 화려하게 타올랐다가 손목을 타고 내려왔다.

상상만 했던 것이 그대로 이루어졌다.

'좀 더.'

웃음이 절로 나왔다.

신기루처럼 금방이라도 사라질 것만 같아 묘한 체증이 밀려왔지만, 이 순간이 너무나도 즐거웠다.

솔은 한계를 시험하듯, 불꽃을 조각조각 내어 멤버들 옆에 둥둥 띄웠다.

화르르륵!

눈이 멀 듯 화려한 퍼포먼스가 시작됐다. 장미 꽃봉우리 같던 새빨간 불꽃은 화려하게 꽃잎을 피워냈다가 이내 바람에 흩날리듯 꽃잎들을 공중에 화려하게 뿌리고는 천천히 사라졌다.

꺼져가는 불꽃을 보며 멤버들도 멍해진 듯 눈을 깜빡였다.

'그럼, 혹시 나도?'

형들이 펼쳐내는 마법을 바라보며 막내 아비스도 희망을 품었다.

'에이, 괜히 기대하지 말자.'

그때였다.

뾰롱!

이질적이지만 굉장히 귀여운 소리였다.

아비스는 주위를 둘러보았다. 오른쪽 어깨 위에 작고 하얀 새가 고개를 갸웃거렸다.

하얀 새가 날개로 정수리를 긁었다. 덕분에 길게 자라난 초록 털이 튀어 올랐다가 가라앉았다.

아비스는 순간 깨달았다. 자신이 이 새를 원하는 대로 다룰 수 있다는 사실을.

자그맣던 새는 곧 매처럼 거대해져 공연장을 활개하며 날았다. 날개를 펄럭일 때마다 크고 작은 별빛들이 어두운 객석을 환하게 비추었다.

관객들은 입을 막고, 꿈꾸는 표정으로 무대를 보고 있었다.

아비스는 환히 웃으며 그런 팬들을 바라보았다.

각자 상상만 해 왔던 마법들을 펼쳐내는 사이, 음악이 점점 끝나갔다.

멤버들이 입을 모아 화음으로 마지막 소절을 부른 후. 무대는 잠시 정적에 휩싸였다.

일 분 정도가 지났을까.

"……우와아아아아!"

"스! 타! 원!"

들어본 적 없는 거대한 함성이 홀을 가득 채웠다. 멤버들의 머릿속까지 둥둥 울리듯 공기가 진동하며 뜨거운 열기는 쉽사리 식지 않았다. 천장을 활강하던 새도 어느새 다시 작아져 포롱거리며 아비스의 어깨에 살포시 내려앉았다.

기적이 일어났다.

솔이 멍하니 제자리에 서서 굳은 사이, 아비스가 옆으로 다가와 어깨를 두드리며 씨익 웃어 보였다.

관객들은 아직도 흥분의 도가니 속이었다. 이걸 생방송으로 방출한 스태프도 어쩔 줄 몰라 했다.

하지만 당황한 건 솔도 마찬가지였다.

볼을 꼬집어 봐도, 거칠게 눈을 비벼 봐도 함성은 멈추지 않았다.

아이온은 응원봉을 들어 끝나지 않을 것처럼 흔들었다.

솔은 멍하니 팬을 바라보았다.

스타원의 팬클럽 아이온은 다들 눈물을 흘리고 있었다. 마법이 없을 때부터 지켜봐 준 팬이었다.

순간, 솔도 눈가가 뜨거워졌다.

한번 터진 눈물이 그치지 않았다. 유진은 그런 솔의 어깨를 잡았다.

"리더, 정신 차려야지."

그렇게 말하는 유진의 목소리도 떨리고 있었다.

솔은 그제야 감정을 조금 추스르고, 손을 앞쪽으로 뻗었다. 그러자 손끝을 타고 마법의 별 가루들이 일렁였다.

그 별 가루를 아이온에게 내려보냈다. 아이온은 손을 뻗어서 별 가루를 잡았다.

솔이 작게 속삭였다.

"유진 형, 기적이 우리에게 왔어."

마지막의 마지막에 생긴, 놀랍고도 아름다운 일.

아비스는 활짝 웃었다. 비켄은 눈가를 비볐고, 유진은 주먹을 꽉 쥐었다가 폈다.

순간순간이 믿어지지 않았다. 환호성은 계속되었다.

솔은 고개를 들었다.

'어제와는 다른 미래가 될 거야.'

행복한 예감에 솔은 눈을 감았다. 웃음과 눈물이 멈추지 않았다.

제 8 화

기적과 현실

"아, 다음 주요? 스케줄이 꽉 차서…… 네네."

그날부로 스타원의 일상은 완전히 달라졌다. 스타원의 소속사 유빅 엔터테인먼트는 밀려오는 캐스팅 전화에 행복한 비명을 질렀다.

갑자기 발휘된 마법은 모든 것을 변화시켰다. 얼떨떨한 기분을 느낄 새도 없이, 스타원은 숙소 이사 준비에 한창이었다.

매니저 DK가 말했다.

"일단, 내일 숙소 바꾸는 거 알지?"

솔은 고개를 끄덕였다.

"포장 이사 부를 테지만 중요한 물건은 미리 챙겨 둬."

"그렇게 중요한 물건은 다들 없을걸요?"

"어휴, 그래도. 활동 중에 이사라니. 정신없겠지만, 이해해라."

"좋은 일이니까 어쩔 수 없죠."

"대신 으리으리한 데로 가는 거 알지? 거기 보안 잘되어 있다더라."

솔은 어색한 듯 뺨을 긁으며 조금 웃었다. 솔직히 아직도 믿기지 않았다.

마법이 없는 유일한 아이돌이 갑자기 마법을 사용하게 되었다는 것은 전 세계적으로 엄청난 반향을 일으켰다.

더구나 마법 발현의 순간이 카메라로 생중계된 것은 스타원이 유일무이하다.

인터뷰 요청이 쏟아졌고 뉴스에서도 도배가 됐다. 채널만 돌리면 스타원의 마법이 개화하던 순간이 나왔다.

부끄럽지만 멤버들 모두 뉴스를 계속 돌려봤었다.

그런데 이젠 뉴스를 찾아볼 시간조차 없을 만큼 바빠졌다.

어딜 가나 스타원을 찾았다. 국내 언론뿐만 아니라 이름을 들어본 적조차 없는 해외의 작은 방송국까지 인터뷰 요청이 밀려들어 왔다.

같은 말을 앵무새처럼 반복하던 인터뷰가 사그라질 때쯤, 광고 촬영이 수십 개나 들어왔다.

'스타원처럼 기적을 체험하고 싶다면?'

광고의 슬로건은 주로 '기적'이었다.

기적을 싫어하는 사람은 없다. 스타원의 서사는 대중을 혹하게 하기에 최적이었다.

실력은 없는데 마법으로 잘나가던 마법 아이돌이 많아서였을까. 스타원에게 마법이 없던 시절에 열심히 노래하고 춤추던 영상들도 다시금 역주행하며 주목을 받았다.

당연하게 여기고 일상처럼 스며들었던 성실함과 노력이 지금은 엄청난 역량으로 재평가되며 칭찬받게 되었다.

세상은 스타원에게 갑자기 '떴다'라고 얘기했다.

바닥에서 지하까지 뚫고 내려간 최악의 경험이 있어서일까. '떴다'는 표현이 생경하게 다가오며 잘 실감이 나지 않았다.

솔은 낯선 기분에 숨을 깊게 내쉬었다.

매니저 DK가 솔을 보며 말했다.

"적응이 힘들 테지만, 힘내라. 애들에게도 잘 말해주고."

"네. 그렇게 전할게요."

"그, 이런 질문 많이 받았겠지만, 솔아. 기분 어떠냐?"

조심스럽게 묻는 매니저를 보며 솔은 피식 웃었다.

"좋죠. 당연하죠. 우리가 얼마나 고생을 했는데요. 안 좋을

리가 없잖아요."

잠을 안 자도 밥을 먹지 않아도, 지금 같아서는 평생 피곤할 거 같지 않았다.

"아하하. 그렇긴 하지. 뭐, 회사도 정신없더라."

"매니저 형이 있어서 다행이에요. 고마운 거 아시죠?"

매니저 DK는 눈을 깜박이다 머리를 긁적였다.

"뭐, 내가 한 일은 없는데……."

"사인회 때 지켜 주셨잖아요. 생각해 보니까, 그때 변변한 감사 인사도 못 한 거 같아서요."

"아니, 매니저가 소속 연예인 챙기는 건 당연한 거지. 뭐, 그래도 기분은 좋다, 솔아. 음……."

매니저 DK가 씩 웃으며 말했다.

"솔, 너의 그런 성실함과 선함이 알려지면 더 인기 많아지지 않을까?"

솔은 활짝 웃었다.

"그런가요?"

"예전과는 다르잖아. 알려질 기회가 많으니까."

솔이 묵묵히 고개를 끄덕일 때, 매니저 DK는 능글맞던 웃음기를 싹 지우곤 솔의 눈을 뚫어져라 바라보며 작게 중얼거렸다.

"어디에 있어도, 어떤 자리에서도, 네 가장 강력한 힘은 성실함과 선함이란 걸 잊지 마라."

"네?"

낯선 모습에 솔이 토끼눈을 뜨고 바라보자 매니저 DK는 금세 빙글거리며 말을 이었다.

"그냥. 에이, 그냥 한 말이야. 이건 잊어라."

솔은 눈을 깜박였다. 매니저 DK는 빈말이라고 둘러댔지만, 그런 거 같지는 않았다. 왠지 조언을 넘어, 어겨선 안 될 운명을 말한 느낌이랄까.

하지만 이내 깊게 생각하지 않고 머리를 털어냈다.

'뭐, 좋은 말이니까.'

겸손하라는 뜻으로 알아듣자.

"아. 그리고 있잖아. 함부로 어디 가지 마라. 갑자기 마법을 쓸 수 있게 돼서 그런가, 너희를 노리는 사람이 많다더라."

솔은 이미 알고 있다는 듯 쓰게 웃었다. 매니저가 말을 순화했지만 상황은 더 심각했다.

비켄이 말하길, 인터넷상에서도 스타원 멤버들의 사진을 이상하게 합성하여 '당신도 마법을 쓸 수 있게 해드립니다!'라는 등 악용하는 무리가 많다고 했다.

그 후로 진행한 몇 차례의 공개 방송 때도 아이온 팬 무리 속에 섞여 있지만 얼핏 봐도 팬이 아닌 듯한 사람들이 있었다.

솔은 문득 사인회 때 들이닥쳤던 시위대 속에서 홀로 다른 태도와 복장으로 서 있던 남자가 떠올랐다.

"다들 조심하라고 전해줘라. 아, 함부로 혼자 어디 가면 안 된다. 경호원이나 나 데리고 가. 최악의 경우엔 납치라도 당할 수 있다는 생각으로 늘 몸조심해라."

"다시 한번 고마워요. 항상 신경 써주셔서요."

매니저는 머리를 긁적였다.

솔은 스케줄을 마친 뒤 늦은 저녁에 연습실로 향하면서도 피곤한 기색이 없었다.

땀 흘리며 무대에서 춤출 때 받는 시선이 호의와 애정으로 가득할 수 있다는 사실을 처음으로 알게 되었다.

마법을 쓸 수 있게 된 후로 살아 숨 쉬는 모든 순간이 좋아서 미칠 듯했다.

띵-

연습실로 향하는 엘리베이터가 도착했다.

솔은 어두운 복도를 걸어갔다. 복도의 끝에 있는 연습실은 새벽이어도 불이 꺼지지 않았다.

'이건 예전이랑 똑같지만.'

마법을 쓸 수 있게 되어도 스타원은 연습을 멈추지 않았다.

솔은 복도를 걸어가면서 뒤를 돌아봤다. 전에 자신에게 다가왔던 민트색 빛이 생각났다. 기적 같은 마법이 찾아올 거라는 신호였을까. 따스하게 전해지던 온기는 그때의 솔에게 많은 위안이 되어주었다.

'다시 내게 와 주지 않으려나……. 에이, 그만 생각하자.'

솔은 고개를 저으며 감정을 털어냈다. 마법이 찾아와준 것만으로도 감사한데 계속해서 뭘 원하면 끝도 없을 터였다.

솔은 밝은 미소를 장착하고 힘차게 연습실 문을 열어젖혔다.

"애들아, 나 왔……!"

뾰로롱-!

연습실 안에서 가장 먼저 눈에 띈 것은 볼이 발그레한 작은 새였다. 눈처럼 새하얗고 보드라운 털에, 머리 쪽에 새싹같이 돋아난 초록 깃털이 매력적인 아이였다.

팔랑거리며 허공을 두 번 정도 돌다가 솔에게로 유영하며 날아와 어깨 위에 내려앉았다.

솔이 귀여운 듯 이마를 살짝 긁으며 쓸어 주자, 만족했다는 듯 다시 날아올라 아비스에게 되돌아갔다.

"얘 왔네. 언제 소환시켰어?"

"방금!"

아비스는 두 손으로 새를 받았다.

그때, 희미한 빛이 솔의 몸을 감쌌다.

'이건, 비켄이구나.'

이 빛을 받으면 피곤함이 사라졌다.

솔은 비켄을 보며 말했다.

"고마워."

"조금 지친 거 같아서. 형, 이거 진짜 좋은 거 같아. 이래서 마법 아이돌들이 자지도 않고 스케줄 하나 봐."

새로 사용하게 된 마법은 정말 편리하고 신기했다.

솔도 자신의 마법을 써봤다. 작은 불꽃들이 뭉쳐서 나비처럼 팔랑거렸다. 불꽃들은 천장에서 한 바퀴 돌다가 멤버들 사이로 날아들었다.

"그런데 말이야. 우리가 쓰는 마법, 이게 다일까? 더 강해질 수는 없나?"

"여기서 더?"

스타원은 서로를 바라보았다. 막 개화된 능력이라 사용하는 게 완전히 능숙하진 않아서 적당히 상상한 만큼만 써왔다. 갑자기 발현됐기 때문에 '기적'으로 불리고 있지만, 아직은 마법 아이돌들 사이에서 큰 변별력은 보여주지 못하고 있었다. 물론 바쁜 스케줄에 마법의 최대치가 어디까지인지 고민할 틈이 없기도 했다.

"안 그래도 오늘 논의하려 했어. 할 수 있는 걸 빠르게 파악하고, 무대에 반영하고 싶어."

솔은 멤버들을 보며 말했다.

"각자 어떤 마법을 쓸 수 있는지 알아보고, 역할 분담을 해서 구성을 딱 맞게 짜야 할 것 같아."

멤버들은 진지하게 고민했다.

"나도 형 말이 맞다고 생각해. 우리 한계를 시험해 봐도 좋을 것 같아."

타호의 말에 멤버들이 왁자지껄 아이디어를 내기 시작했다.

억눌렸던 열패감이 해소된 탓인지, 마법 얘기만 나오면 모두 아이처럼 변했다.

"있지, 이제 와서 묻는 게 좀 이상하지만 말이야."

그 모습을 보던 솔이 진지하게 말했다.

"왜 갑자기 생겼을까?"

멤버들은 눈을 깜박였다. 그러고 보니 거기서부터 시작해야 했다.

유진은 손가락 두 개만으로 균형을 잡으며 물구나무서기를 하고 있었다. 마법 효과로 코어 힘이 좋아져서인지 마치 제대로 서 있는 듯 평온했다.

그 상태로 솔에게 되물었다.

"우리 그날 뭐 있었어?"

다들 고개를 저었다. 솔은 어깨를 으쓱하며 말했다.

"마지막인 것처럼 했지."

다들 고개를 끄덕였다.

멤버들 사이로 아비스의 새가 날아다녔다. 새는 뽀로롱거리며 다가와 솔의 어깨에 앉았다.

솔이 깃을 쓱쓱 긁어 줬다. 새는 그게 좋은지, 손안에서 뺨을 비볐다.

타호가 그걸 보고 손을 내밀었다. 하지만 아비스의 새는 솔에게만 붙어 있었다.

살짝 삐진 타호가 말했다.

"나는 아비스 같은 소환 마법을 해보고 싶어."

"해보고 싶어도, 방법이 있어?"

"기예(캔트립) 종류에 대해 분류해 놓은 팬 페이지가 있더라."

타호는 스마트폰 화면을 멤버들에게 보여줬다.

"이거 보면서 차근차근 연구해 보자."

아비스의 새가 솔의 손안에서 예쁘게 울었다. 솔은 뜨겁지 않은 불을 나비처럼 날아다니게 했다. 새는 그걸 따라서 날갯짓했다.

"해보자. 이것저것 연구하면서 말이야."

시간이 흐를수록 스케줄 강행군은 멈출 기세를 모르고 계속 이어졌다.

멤버들 모두 즐거운 비명이라고 애써 스스로를 위로하며 피곤함을 달랬지만, 일정이 끝나면 머리를 대자마자 바로 뻗어서 잠드는 게 일상이 되었다.

“후…….”

이런 일상을 누구보다 간절히 원했던 솔도 돌처럼 굳은 어깨를 주물럭거리며 피곤한 기색을 감출 수 없었다.

여덟 시간에 걸친 촬영을 끝낸 후 바로 다음 스케줄 때문에 다시 밴에 오르던 솔은, 뒷좌석에서 꾸깃꾸깃 접혀 자는 비켄을 보며 마음 한켠이 짠해졌다.

‘애가 넝마가 됐네.’

비켄에게는 사람들의 피로를 한순간 싹 가시게 해주고, 산뜻하고 강한 기운을 주는 ‘힐링 빔’ 능력이 있었다. 무대에서 마이크를 휘돌리며 빛을 뿌려대던 그 마법이다.

자기 마법 멋있지 않냐며, ‘울트라 빔-!’거리며 직접 지은 이름이다.

뭐, 방송에서 소개할 때는 이미지 관리 차 ‘치유의 빛’ 마법이라고 에둘러 말하긴 했지만.

어쨌거나 생각보다 치유 효과가 좋아 솔은 내심 비켄에게 컨디션 회복을 부탁하려 했다.

하지만 구석에서 피곤에 절어 졸고 있는 모습을 보니 도저히 깨울 수가 없었다.

옆자리의 타호가 구겨진 종이를 펴듯 가끔 고개를 세워 주었지만, 기다렸다는 듯 다시 고개를 떨구고 목을 접으며 편한 자세를 찾곤 했다.

사실 넝마가 된 건 비켄뿐만이 아니었다.

솔은 옆을 힐끔 바라보았다. 수면 안대를 쓴 유진은 말 그대로 딥 슬립 중이었다.

운전하던 매니저 DK가 속사포처럼 읊었다.

"원주 가면 밤새 촬영할 거 같아. 그러면 아침에 바로 비켄이랑 솔이는 〈아이돌 특급〉 촬영 가야 하니까 진수 형이 데려다줄 거고, 유진이랑 아비스랑 타호는 〈폰테인〉 인터뷰 있으니까 강릉에 갈 거야. 저녁에 강남에서 합류할 예정이니까 그렇게 알고."

강원도부터 가는 건 다행이지만, 솔은 스타원의 리더로서 간절하게 매니저 DK에게 속삭였다.

"형. 지금 뭐 중요한 거 하나 까먹지 않았어요? 우리가 사람이라서 자야 한다는 사실이라든가?"

매니저 DK가 엄하게 말했다.

"차에서 자. 그리고, 야. 너희 한 달 전 생각해 봐. 그땐 누가 불러주기나 했냐? 아이돌은 바쁠 때가 행복한 거라니까? 다들 바빠지고 싶어서 죽을라 그래!"

"이러다 진짜 죽겠는데요?"

멤버 중 인내심으로는 일등인 타호도 질린 얼굴로 고개를 저었다.

그래도 모두는 안다. 복에 겨운 투정이라는 걸.

알면서도 그냥 얘기를 할 뿐이다.

"……."

다시금 멤버들이 하나둘 잠에 빠져들면서 밴은 고요해졌다.

솔은 그런 멤버들을 보고 피식 웃은 뒤 창밖을 바라봤다.

까만 창 너머의 도시는 여전했다. 딱딱한 표정의 사람들이 달리는 차 창밖으로 지나쳐 갔다.

그때 낯익은 모습이 솔의 눈에 들어왔다.

아비스가 세럼을 손에 들고 활짝 웃는 사진이 박힌 거대한 광고판이 시선을 타고 흘러갔다. 화장품 광고는 피부가 좋으면서 선이 가는 아비스에게 딱이었다.

그래, 다 잘되고 있었다. 솔은 자신이 해야 할 일을 정확히 알고 있었고, 멤버들은 여전히 성실했다.

하지만 왜일까. 솔은 계속해서 감도는 희미한 불안감을 느끼고 있었다.

'갑자기 인기가 많아져서 이러는 걸까?'

솔은 기분 나쁘게 울렁거리는 심장 쪽을 두 주먹으로 지그시 눌렀다.

자꾸만 이상하게 불안했다. 마치 눈을 가리고 낭떠러지 앞에 서서 1mm씩 점점 내몰리는 느낌이었다.

절벽에서 세찬 바람을 맞고 있는 듯한 서늘함까지 밀려올 때, 솔은 고개를 거칠게 흔들며 생각을 털어냈다.

제 9 화

습격 part 1

눈부시게 웃는 아비스의 얼굴이 서울 도심의 한 대형 빌딩 외벽을 장식했다.

거대한 광고판의 조명보다 더 환하게 도시의 밤을 밝히는 아비스의 미소 뒤로 건물 근처의 으슥한 곳에서 붉은색의 마법진 문양이 허공을 가르며 나타났다.

그와 동시에 기묘한 복색의 사내가 허공에서 살짝 발돋움하며 뛰어내렸다.

기다란 도포의 천 자락이 펄럭이며 흔들렸다가 곧 얌전해졌다.

짙은 주황빛의 동양풍 도포를 길게 늘어뜨리고 허리춤은 검붉은 띠로 아무렇게나 묶은 채였다. 기동성을 위해서인지 팔다리 소매 부분은 몸에 꼭 맞게 여며져 있었다. 얼굴은 눈만

내놓은 채 검은 복면으로 가리고 있었다. 우아한 차림새였다.

도심의 밝은 밤 속에서 그의 존재는 퍽 이질적일 것이었지만, 사람들은 누구도 남자를 바라보지 않았다.

주변의 행인들은 그가 없는 존재인 것처럼 앞만을 응시하며 바쁘게 지나쳤다.

그사이 허공에서 나타나는 사람이 계속 늘어갔다. 눈부신 마법진들도 여러 갈래로 모이다 흩어지며 사라졌다. 비슷한 복장의 사람이 열댓 명으로 늘었을 때, 맨 처음 나타난 남자가 입을 열었다.

"어때?"

붉은 복면의 남자가 다가와 답했다.

"네, 장로님. 서두르는 게 좋을 거 같습니다. 마법이 점점 능숙해집니다."

"발현된 지 얼마 안 됐잖아?"

"순식간에 익숙해집니다. 괜히 표식을 지닌 게 아닌 것 같습니다. 성장 속도가 이루 말할 수 없습니다."

흰 복면을 한 또 다른 남자가 이죽거리며 다가왔다.

"화려하긴 하더만. 근데 그건 CG로도 많이들 만든다며?"

"아닙니다, 사형."

붉은 복면이 고개를 저으며 말을 이었다.

"그래서 확인 차 실제로 따라다녔습니다. 그런데 요즘 인기가 많아져서 무대를 직접 보기도 점점 힘들어지더군요. 왜 인기가 많은지도 좀 알겠더라고요. 노래도 좋고. 오늘도 계속 흥얼거리려는 걸 겨우 참고……."

"어이."

사형이라 불린 남자가 지금 무슨 말이냐는 듯 눈치를 주며 말을 끊었다.

가만히 듣고 있던 장로가 되물었다.

"얼마나 힘들어?"

"음악방송 좌석 따내는 게 좀……."

"은신 마법을 쓴 채로 들어가면 되잖아?"

"공연장에선 마법 아이돌들이 죄다 마법을 씁니다. 그런 공간에서는 인식계 마법은 풀려 버려서 소용없습니다."

장로가 침묵하자, 붉은 복면과 흰 복면이 저들끼리 얘기를 이어갔다.

"소년들의 마법이 점점 강해지면 더 힘들어질 겁니다."

"아무리 마법을 써도 아직 약하잖아. 납치가 그렇게 힘들어?"

"그들은 도통 혼자 있지를 않습니다. 게다가 이상하게 일이 꼬여요. 차나 숙소, 그리고 이동 장소에 어김없이 걸쳐져 있습니다. 도통 틈을 잡을 수 없어요. 꼭 누군가 방해하는 거 같습니다."

가만히 지켜보던 장로가 입을 열었다.

"운명의 소년들이니 쉽지 않은 게 당연하다. 그래도 미룰 수는 없는 일이니 시일을 앞당기겠다."

"존명!"

사형제는 장로의 결정에 토를 달지 않았다.

"모든 것이 용신을 멸하기 위해서다. 우리의 숙원이 드디어 눈앞으로 다가왔다. 수단과 방법을 가리면 안 되지. 그럼, 해산."

장로의 축객령에, 한 사람씩 흔적을 지우며 사라져 갔다.

"정말요?! 우리 여기 나가요?"

항상 침착했던 막내 아비스의 눈빛이 떨렸다. 매니저 DK는 고개를 끄덕였다.

"응. 그래서 사전 인터뷰한다더라."

"이거 진짜 하고 싶었어요!"

감격으로 물든 아비스를 보며 솔은 조용히 미소 지었다.

다른 프로그램도 아닌 〈라이브 뱅크〉라니!

매주 1회 방송되는 이 프로그램은 한 번에 딱 두 팀만 섭외하여 인터뷰와 라이브 무대를 보여준다.

그러다 보니 팀의 방송 분량이나 집중도가 매우 높아 아이돌에게는 꿈의 방송이기도 했다.

〈라이브 뱅크〉에 출연하면 톱스타, 라는 말이 공공연히 나돌 정도로 유명한 프로그램의 섭외 요청에 스타원 멤버들은 모두 흥분했다.

물론 스타원을 깔보던 가이스와 함께 출연하게 되었지만, 그런 건 아무래도 상관없을 만큼 기뻤다.

매니저 DK가 말했다.

"예상 질문 생각해두고, MC 대기실에 인사도 드리고 와. 힘들게 온 기회인데 최선을 다해야지."

"네, 유진 형이랑 타호 오면 갈게요."

솔이 싱긋 웃으며 대답하자, 때마침 둘이 대기실 문을 열고 상기된 얼굴로 들어왔다.

"다들 봤어? 아이온이 우리한테 선물 보냈어!"

"내 인생에 커피 차를 다 받아보다니, 감격스럽다 진짜."

솔과 비켄, 아비스는 잠시 멍한 채 눈을 깜빡이더니 곧바로 대기실 문을 박차고 나갔다.

건물 출입구 앞에 정말로 민트색 트럭이 있었다. 플래카드에는 [스타원 예쁘게 봐주세요!]라는 응원의 문구와 멤버들의 사진이 걸려 있었다.

다들 정신없이 트럭을 구경했다.

타호는 연신 찰칵거리며 사진으로 남겼고, 솔은 굳은 채 눈을 비볐다. 아비스와 비켄은 커피 차를 배경으로 셀카를 남겼다. 유진은 들키지 않도록 뒤돌아 서 있었지만, 코끝이 빨개져 있었다.

다들 한차례 감정을 추스른 후, 어색하게 메뉴를 주문한 뒤 커피 한 잔씩을 쪽쪽 빨며 대기실로 우르르 돌아왔다.

"아, 우리 아이온에게 감사 인사해야지!"

"형, 나랑 아비스는 벌써 SNS에 인증샷이랑 감사 인사 남겼어!"

비켄이 말하자 솔도 질세라 SNS 계정에 접속했다.

"자, 갑니다! 하이, 스탠바이- 큐!"

PD의 우렁찬 소리와 함께 스튜디오 촬영이 시작되었다.

노련한 MC가 카메라를 향해 말했다.

"생방송 〈라이브 뱅크〉! 오늘은 게스트는 가이스와……."

"와아아아아아악!"

MC의 말이 끝나기도 전에 팬들의 환호성이 스튜디오에 가득 찼다. MC는 말을 한 번 끊었다.

"요즘 정말 장안의 화제죠. 스타원입니다!"

"아아악!"

"스타원! 사랑해!"

엄청난 함성에 스타원의 멤버들은 모두 미소를 띤 채 어깨를 으쓱하며 서로를 바라보았다.

반면 가이스는 어두운 분위기였다. 한 수, 아니, 몇 수는 아래로 봤던 그룹이 자신들보다 인기가 많아진 건 달갑지 않을 터였다.

스태프가 스튜디오로 올라가라는 수신호를 주자 다 같이 계단을 올라갔다.

가이스의 리더가 솔의 어깨를 세게 치려는 듯 갑자기 다가왔지만 만만히 당해줄 솔이 아니었다. 솔은 어깨를 슬쩍 옆으로 돌려 몸을 피했다.

덕분에 가이스의 리더가 휘청거리자, 솔은 아무렇지 않은 듯 살짝 부축해줬다.

가이스의 리더는 미간을 찌푸리더니 부축해주던 솔의 손을 탁 치고 먼저 나아갔다. 그 모습에 솔은 피식 웃으며 따라 올라갔다.

스튜디오의 환한 조명 아래로 멤버들의 면면이 보이자 환호성은 더욱더 거세게 쏟아졌다.

다들 착석하니 MC는 놀란 듯 웃으며 말했다.

"어우, 팬들이 많이 오셨네요."

솔은 객석을 바라보았다. 객석의 대부분이 아이온 응원봉으로 가득했다. 적응이 안 된 듯 신기해하는 스타원 멤버들을 보며 MC가 웃으며 물었다.

"스타원, 왜 이리 두리번거리세요? 아직 인기가 실감 나지 않으신가요?"

"네. 아직 모든 게 낯설어요. 사실 대기실도 여기가 진짜 우리 대기실 맞나 하고 다시 한번 확인하고 들어가요."

"아하하! 마법 발현 이후로 어디서나 화제입니다. 심지어 외국 뉴스까지 쭉 점령해 놓고 이렇게 귀여운 반응이면 어떡해요."

솔이 대답했다.

"기적이 익숙해지기까지는 시간이 걸리는 것 같습니다."

"오늘 팬분들의 사랑이 담긴 선물도 많이 받으셨다고 들었어요."

"아, 네. 갑자기 큰 사랑을 받게 되어 낯설지만 정말 감사하게 생각하고 있습니다. 멤버들끼리도 항상 하는 말이지만, 저희의 무대를 계속 보여드릴 수 있어서 사실 매 순간이 꿈같고 정말 기뻐요. 이 모든 건 다 아이온 덕분입니다. 사랑합니다, 아이온!"

솔은 옆에 있는 타호와 손 하트를 그렸다.

"사랑합니다. 아이온!"

"사랑합니다!"

"알라뷰합니다!"

비켄과 유진, 아비스도 차례대로 말을 이었다. 아이온은 화답하듯 객석에서 환호성을 질렀다. 멤버들은 잠시간 차례차례 관중석의 아이온 한 명 한 명과 눈을 마주치며 손을 흔들었다.

"어휴, 진짜 팬 사랑이 어마어마합니다. 이제 가이스로 넘어갈게요. 정말 꾸준히 인기 있으신데요. 그 비결이 무엇인가요?"

가이스 리더는 스타원을 한 번 보다가 말했다.

"글쎄요. 우리는 처음부터 마법도 썼고, 인기도 많았어서. 비결까진 생각해보지 않았는데요. 당연한 거랄까?"

이게 방송이라는 걸 알면서도 왜 저런 쓸데없는 짓을 하는지 다들 어이없어할 때 MC는 별다른 대꾸를 하지 않고 스타원에게로 몸의 방향을 틀었다.

"자 그럼, 스타원의 리더, 솔에게 묻습니다. 아이돌이 된 이유가 무엇인가요?"

순간 가이스 쪽에서 불편한 기색이 느껴졌지만 솔과 MC는 천연덕스럽게 인터뷰를 이어갔다. 그러다 질문이 다시 가이스에게 넘어가자, 스태프가 스타원을 향해 수신호를 보냈다. 슬슬 라이브 무대를 준비할 때였다. 스타원은 자리에서 일어나 스튜디오의 무대 쪽으로 향했다.

무대에 오르자, 스태프의 신호에 맞춰 전주가 흘러나왔다.

동시에 스포트라이트가 쏟아졌다.

솔은 숙였던 고개를 들어 카메라를 뚫어져라 응시했다. 유진은 가벼이 날아올랐다가 착지했다. 숨소리 하나 느껴지지 않는 날렵한 몸동작이었다.

유진의 격렬한 안무가 이어지자 솔은 이에 질세라 빛으로 형상을 이룬 색색의 나비들을 무대에 날렸다. 그 어떤 것도 태우지 않는 불꽃들은 스스로를 불태우며 화려하게 퍼졌다가 순식간에 사그라졌다.

쿵!

강렬한 비트가 심장을 울렸다. 멤버들은 그에 맞춰 둥글게 서 있던 동작에서 각각 흩어져 군무를 이어갔다. 쨍한 은색 빛이 멤버들을 따라 허공을 떠돌다가 아비스의 손에 모였다. 아비스가 킬링 파트에 맞춰 손을 내뻗자, 은색 빛은 강렬한 레이저 빔이 되어 무대 위로 순식간에 펼쳐졌다.

춤과 노래와 마법이 환상적으로 어우러지며 모든 사람을 홀렸다.

클라이맥스 부분이 지나고 찬란한 빛기둥 사이로 타호가 스쳐 보였다. 솔은 웃으면서 앞으로 나아가 턴을 시작했다.

그때였다.

따끔한 열기가 볼에서부터 점점 온몸으로 퍼지는 느낌에 솔은 주변을 둘러봤다.

그러자 어디서부터 시작된 건지 알 수 없는 거대한 화염이 빠르게 무대로 번져갔다.

관객들의 비명 소리와 스태프들의 웅성거림이 홀에 가득 찼다.

당황한 솔이 멤버들을 확인하려는 순간, 암전된 듯 화염이 사라지고 사방이 어둠에 휘감겼다.

제 10 화

습격 part 2

화염이 휩쓸고 간 뒤 사방에 어둠이 깔리자 관객석과 스태프들 사이에서 비명과 흐느낌이 더욱 커져갔다.

정신을 차린 솔은 손끝으로 불꽃을 피워 날려 보내면서 사람들을 비상구로 인도했다.

암전되었어도 비상구는 초록빛을 내고 있었고, 사람들은 비명을 지르며 하나둘 나가기 시작했다.

그 혼란 속에서 어디선가 복면을 쓴 이들이 무대로 튀어 들어왔다.

열 명 정도 되어 보이는 그들은 다섯씩 흩어지더니 유진의 어깨를 잡아끌며 데려가려 했다.

"너네 누구야!!"

저항하듯 거세게 몸을 비틀었지만 다섯 명에게 둘러싸여

질질 끌려가던 유진이 몸부림을 쳤다.

"안 돼!"

불꽃을 더 피워 무대에 띄운 솔이 유진에게 달려갔다.

솔의 외침에 다섯 명은 잠시 멈칫했고, 그 틈에 유진은 바닥에 손을 짚은 채로 물구나무서듯 몸을 뻗으며 한 명을 후려찼다.

"윽!"

발차기가 제대로 들어갔는지, 한 명이 바닥을 구르더니 미동도 하지 않았다.

솔은 곧바로 불꽃을 만들어 길게 늘인 다음 다섯 괴한의 목에 갈고리처럼 둘렀다.

사람을 향해 쓰려니 이 정도밖에 떠오르지 않았고, 신기하게도 불꽃은 솔의 생각대로 움직였다.

복면이 타닥거리며 타들어갔고, 그사이에 완전히 몸을 일으킨 유진이 살벌한 눈으로 괴한들을 바라보며 솔의 앞에 섰다.

그렇게 잠시 한숨을 돌리려는 찰나, 솔의 뒤편에서 비켄이 소리를 질렀다.

"뭐야, 이 새끼들!"

'아차.'

무대엔 비켄과 아비스도 있었다. 그리고 아까 흩어진 다섯의 괴한도 있었고.

끼아아-

무대에서 쓰는 마법을 되는 대로 쏟아내고 있는 중인지 조류 특유의 날카로운 소리가 어지럽게 들렸고, 번쩍거리는 빛기둥이 사방팔방으로 뻗었다.

솔은 빛기둥 사이로 텅 빈 관객석을 볼 수 있었다. 주책없이 다행이라는 생각도 잠시, 조용한 목소리가 들려왔다.

"……솔, 온다."

유진의 말에 다시 앞을 본 솔은 불꽃을 목에 두른 채 아무렇지 않다는 듯 걸어오고 있는 괴한들을 확인할 수 있었다.

"더 다가오면…… 죽인다."

조용히 읊조린 유진의 몸에서 살기가 넘실거리기 시작했다. 황망한 상태에서 끌려갔었기 때문인지 분노가 머리끝까지 차오른 듯했다.

괴한들은 그런 유진의 살기에도 아랑곳하지 않고 조금씩 다가왔다.

위험을 감지한 솔이 불꽃으로 목을 더 조르려 한 순간.

"으윽……!"

태연했던 괴한들이 갑자기 머리를 부여잡으며 비틀거렸다. 그러더니 주춤주춤 한 걸음씩 무대 밖을 향해 뒷걸음질 치기 시작했다. 마치 보이지 않는 힘이 그들을 내모는 듯했다.

"뭐야, 왜 이래?"

비켄과 아비스 쪽도 마찬가지였다.

"얘들아! 괜찮냐?"

그때, 매니저 DK가 무대 위로 뛰어 올라왔다.

그러곤 멤버들을 모아 무대 한켠으로 이끌었다.

얼마간 상황이 마무리된 듯하자, 솔은 밀려나고 있는 괴한들이 다시 덤벼들지 않을지 계속해서 주시했다.

'저놈들도…….'

비켄과 아비스에게 붙었던 괴한들의 목에도 불꽃을 둘렀다.

될지 안 될지도 고민하지 않고 생각부터 했을 뿐인데, 온몸의 힘이 쭉 빠지는 느낌이 들더니 불꽃이 늘어나 비켄과 아비스에게 붙었던 괴한들의 목에도 걸렸다.

졸지에 열 명에게 동시에 마법을 쓰고 있게 된 솔의 온몸이 식은땀으로 젖어갈 무렵, 복면이 타들어 가고 있던 괴한 중 하나가 어깨를 들썩이는 모습이 눈에 들어왔다.

"크크크……."

그는 알 수 없는 힘에 저항하듯 몸을 거칠게 움직였고, 밀려나던 몸을 멈췄다.

그러고는 아무것도 없는 허공에 대고 팔을 크게 휘둘렀다.

"어?"

쿵-

보이지 않는 뭔가에 발이 걸려 넘어진 솔은 이어 속수무책으로 끌려갔다. 힘껏 발로 차 보려 했지만, 헛발질이 될 뿐이었다.

솔은 당황한 와중에도 괴한들의 목에 두른 불꽃에 집중을 했다.

방어에서 끝나면 안 된다는 발작적인 결심이었다.

"크……."

목에 둘러 있던 불꽃이 괴한들의 얼굴 전체로 번지기 시작했다.

그럼에도 그들은 아무런 반응이 없었다.

오히려 '보이지 않는 힘'에 더 난처해했다.

속절없이 끌려가는 솔의 눈에 팔을 휘둘렀던 괴한의 탄 복면 너머로 억센 턱이 보였다. 이유는 모르겠지만 입가에 피가 흐르고 있었다.

"악!"

곧이어 몸이 거칠게 뒤집혔고, 솔은 끌려가지 않으려 팔꿈치로 무대를 질질 끌었다. 팔꿈치에 빨간 생채기가 나고 피가 맺히기 시작했다.

"솔!!"

표정이 일그러진 유진이 엄청난 속도로 달려오는 모습이 눈에 들어왔다.

"……크!"

솔이 계속해서 몸을 비틀면서 힘껏 저항하자, 머릿속으로 말소리가 웅웅 울렸다.

–이 새끼는 왜 이렇게 바르작거려?

–야, 그래도 천 쪼가리 태우는 게 다인가 본데?

낯선 목소리가 뇌에서 텔레파시처럼 들려왔다.

–사형, 하나라도 데려가죠.

–그래. 조금만 더 끌고 오면 바로 기절시켜라.

–아, 젠장. 몸이 안 움직여. 어떤 놈이야?

괴한은 천이 타는 것을 아랑곳하지 않고 솔의 의상을 잡아끌었다.

솔이 다시 한번 거칠게 저항하며 발길질을 할 때였다.

남자의 행동이 멈췄다.

쿠당탕-!

괴한은 솔의 위로 엎어졌다.

솔은 재빨리 일어나 괴한에게서 거리를 벌렸다. 아지랑이 같은 촉수가 넘실거리며 솔을 가로막고 있었다.

솔은 고개를 획 돌려 주위를 둘러보았다. 여러 줄기로 뻗어 나온 아지랑이의 주인은 뒤에 있었다.

"매니저 형……?"

괴한 중 하나가 촉수에 들린 채 허공에 조금 떴다가 내팽개쳐졌다. 그러곤 데굴데굴 굴러 무대 아래 관객석으로 떨어졌다.

다른 멤버들에게는 아지랑이가 보이지 않는 듯했다. 모두들 떨어진 괴한만을 휘둥그레 바라보고 있었다.

"젠장……."

나직한 욕설과 함께 복면인들은 곧 자취를 감추고 사라져버렸다. 삽시간에 사라진 게 괴이했다.

솔은 숨을 몰아쉬었다. 땀방울이 턱을 타고 흘러내렸다. 모든 소리가 멈춘 듯, 헉헉거리는 숨과 거센 심장박동만 들려왔다.

"괜찮아?"

멤버들이 다가와서 걱정적으로 물었고, 솔은 멍한 상태에서 벗어났다.

주위를 둘러보았다. 멤버들과 매니저를 제외하고는 사람은 보이지 않았다.

그리고 카메라가 보였다. 빨간 불이 반짝이고 있었다. 이 모든 상황이 담겼을 터였다.

무대를 내려오자 그제야 몸이 떨리며 다리가 부들거리기 시작했다.

솔은 흐릿해지는 시야에, 옆에 있는 아비스의 팔을 붙잡았다.

"형?"

"아, 아니. 잠깐."

솔의 시야가 깜박거렸다. 정신을 차리려고 했지만 다리에 힘을 줄 수 없었다.

아비스가 솔의 어깨를 잡았고, 유진이 바로 뛰어왔다.

"솔아, 정신 차려!"

솔은 대답하고 싶었다. 하지만 다리에 힘이 풀리고 눈앞의 모든 게 뭉개졌다.

깜빡, 깜빡-.

천천히 눈을 뜨니 낯선 천장이 보였다. 생소한 분위기에 이질감을 느끼며 상체를 일으켰다.

팔에 힘을 주려니 따끔한 통증이 밀려왔다. 그제야 팔에 새겨진 상처가 눈에 들어왔다.

미간을 조금 찌푸리고 몸을 둘러보는데, 기다란 줄이 허공에서 부딪쳤다.

"아……."

솔은 팔을 살짝 흔들었다. 링거 줄이 서로 닿았다가 떨어졌다.

솔은 천천히 침대에서 일어나 팔과 다리를 조금씩 움직여 보았다. 제자리에서 점프도 해보았다.

머리는 좀 멍한 채였지만 크게 다치진 않은 듯했다. 그때 병실 문이 열렸다.

"일어났어?"

익숙한 목소리였다. 솔은 유진을 보며 방긋 웃었다.

"부활했어."
"부활은 무슨."
유진은 툴툴거리며 보호자 소파에 앉았다.
"아니, 진짜 가뿐해. 나 며칠 이랬어?"
"12시간."
"아, 그냥 자고 일어난 셈이네. 어쩐지 운동도 할 수 있겠더라."
솔은 링거 줄을 정리해서 병상 난간에 걸쳐놨다.
이상한 침묵이 맴돌았다. 유진은 비통한 표정이었다.
쓰러지기 직전에 봤던 유진의 험악한 표정이 떠오른 솔이 물었다.
"형, 왜 그래?"
"아니. 그냥……."
유진은 작게 중얼거렸다.
"실망해서."
도무지 알 수 없는 말이었고, 솔이 가만히 있자 유진은 한숨을 토해내며 말을 이었다.
"나에게 실망이야."
유진의 대답이 너무도 의외라는 듯 솔이 되물었다.

"왜?"

"네가 붙잡혀서 끌려갈 때 널 구해야 했는데. 미안해."

"에엑? 형, 잠깐. 아니야!"

저항했지만 실질적으로는 당하기만 했다.

사실 그걸 저지한 건 매니저 DK의 아지랑이였다.

대체 그 아지랑이 촉수의 정체가 뭔지, 어떻게 일반인에 지나지 않을 매니저가 그들을 제압한 건지 모두 물어봐야 했다.

거기에 갑자기 머릿속으로 들려온 텔레파시까지.

알아내야 할 게 벅차게 쌓여 있었다.

"나는 마법을 쓸 수 있게 되고 나서 말이야. 뭐든지 다 할 수 있을 줄 알았어."

잠깐의 적막을 깨고 유진이 말했다.

"형, 뭐든지 할 수 있는 사람은 세상에 없어."

"그건 맞지. 하지만 네가 끌려가는 모습을 보고만 있을 때, 뭐랄까……, 이래선 마법을 못 쓰던 때랑 뭐가 다를까 싶더라."

"그게 무슨 소리야. 우리, 이렇게 달라졌는데."

유진은 쌓였던 게 많은 건지 격정적으로 말을 이었다.

"글쎄, 내겐 다 똑같아. 이런 나쁜 일이 반복되고 반복되다가, 결국 해체까지 생각하게 되는……."

"형!"

유진의 단단한 어깨를 붙잡은 솔이 조용히 물었다.

"우리 마법 없을 때 정말 기억하는 것 맞아?"

"……그래. 얼마 안 됐는데, 되게 오래된 것 같네."

"……."

"솔아, 나는 약한 게 싫어. 더는 너, 그리고 우리 멤버들이 다치는 그런 거 보고 싶지 않아."

솔도 항상 그래왔지만, 유진도 마찬가지인 듯했다. 그 어떤 상황에서도 유진은 항상 의연하게 동생들을 챙겨왔다. 그런 그가 지금 흔들리고 있었다.

"나는 무슨 수를 써서라도 강해지고 싶어."

"형……."

무엇 때문일까.

한동안 잊고 지냈던 악몽이 떠올랐다.

솔을 비웃으며 제멋대로 넘실거리는 새까만 덩어리들. 잡아먹을 듯 점점 가까워지는 형체에 목이 졸려오는 듯했었다.

잠시 불안감에 휩싸였지만, 유진의 걱정하는 듯한 기색에 솔은 곧 머리칼을 털고 꾹꾹 눌러 담은 말을 내뱉었다.

“괜찮아. 내가, 어떻게든, 할게…….”

목소리는 공기 속에서 천천히 가라앉았다.

유진은 큰 손으로 솔의 머리를 한 번 누르곤 미소 지으며 말했다.

“네가 뭘. 같이 이겨내는 거지. 든든하긴 하네.”

유진의 말에 가볍게 웃은 솔이 창문 밖을 봤다.

파란 하늘을 보니 긴장이 조금 풀렸다.

제 11 화

묻지 않기

몇 시간 후, 간호사가 솔의 링거를 떼어줬다. 솔이 감사하다고 하자, 간호사는 싱긋 웃으며 고개를 숙인 뒤 이내 병실을 나갔다.

옆에서 솔의 병원식을 대신 허겁지겁 우적거리던 매니저 DK는 그제야 밥풀을 튀기며 솔에게 말을 걸었다.

"난리 났다, 솔아. 여기저기서 어찌나 떠들어대는지, 너희 마법 발현했을 때보다 더해."

"그거보다 더하다고요? 에이 설마. 에휴, 뭐 지켜보면 알겠죠."

"그래, 당장은 몸 회복에만 신경 써라. 후루룹!"

솔은 매니저 DK를 빤히 바라보았다. 매니저 DK는 아무렇지도 않아 보였다.

"왜 그렇게 보냐?"

"아무렇지 않은 거예요, 아무렇지도 않은 척하는 거예요?"

매니저 DK가 눈을 깜박였다. 솔은 팔에 붙인 반창고를 보며 말했다.

"감사해요. 뭐가 뭔지 모르지만, 매니저 형이 우리 지켜줬으니까요."

"난 항상 너희를 지키지. 그게 매니저가 할 일 아니냐."

솔은 다시 매니저 DK를 빤히 바라보았다.

"그렇게 나가기로 하신 거예요?"

"난 네가 무슨 말 하는지 모르겠다?"

매니저 DK의 뻔뻔한 대답에 솔은 잠시 침묵을 지켰다.

솔의 따가운 시선이 느껴지자, 매니저 DK는 이내 식판을 챙기며 자리에서 일어섰다.

"어우, 야! 요새는 병원식도 되게 잘 나온다. 맛있네, 아주."

그러곤 부산스럽게 짐을 챙겼다.

찌익- 가방 지퍼를 닫는 소리가 들려왔다. 그 모습에 솔은 조금 웃고는 말을 꺼냈다.

"형, 그 일에 대해선 그냥…… 더 물어보진 않을게요."

매니저 DK는 말이 없었다.

솔은 매니저 DK의 넓은 등을 바라보았다.

"제가 몇 개는 들게요. 빨리 퇴원하죠. 혹시 스케줄 있어요?"

"솔아."

매니저 DK는 앞주머니에서 뭔가를 휙 던졌다. 솔은 무심코 받았다.

"어?"

그때 잃어버린 주사위였다.

"이거 어디서 찾았어요?"

매니저 DK는 아무 말도 하지 않았다.

솔은 다시 한번 물어보려다가 이내 입을 닫았다. 그가 검지를 곧게 편 채 입에 대고 있었기 때문이었다.

"어쨌든, 감사합니다."

손에 들어오는 자그마한 주사위를 오랜만에 굴려 보았다. 그리웠던 온기가 손을 타고 온몸을 휘감았다.

[생방송 중, 스타원 습격 사건!]

[최고 주가를 달리는 스타원, 복면 쓴 괴한에게 습격당하다!]

스타원이 무대 중 습격당한 영상은 각종 뉴스의 연예면과 사회면을 장식했다.

솔은 스마트폰 화면을 쭉 내리며 헤드라인을 살펴보았다.

대부분 비슷했다. 거의 모든 기사는 '한편, 스타원의 리더 솔은 기절하여 병원으로 이송되었다'로 마무리되었다.

"참, 우리 쉬는 동안 다른 스케줄은?"

타호가 고개를 저으며 답했다.

"캔슬됐어. 아이온이 걱정할까 봐 잘 지내는 모습 보여드리려고 안무 영상이라도 찍고 싶은데, 그것도 안 된다고 하더라고."

"아, 그날 있었던 분들은 많이 안 다치셨대?"

"한 분 정도만 넘어져서 가벼운 찰과상이고, 다행히 큰 문제는 없었나 봐."

솔은 안도의 숨을 내쉬었다.

조금은 예상했었다. 만약 누군가 크게 다쳤다면 그 기사도 났을 테니까.

"그럼 연습실에서만 있었어?"

비켄이 고개를 저었다.

"잠은 호텔."

"다행이네."

그때 멤버들과 조금 떨어진 곳에서 묵묵히 있던 매니저 DK가 입을 열었다.

"그래도 연습실에서 자는 건 너무하지 않겠냐. 하지만 아직 조심해야 해. 숙소 근처에 아직도 기자 많다더라."

타호가 액정 스크롤을 내리며 매니저의 말을 받았다.

"우리가 외계인이라서 해부하려고 납치하려고 했다는 설, 사이비 종교 단체에서 마법 때문에 우리 데려가려고 했다는 설……."

"후자는 그럴듯하다."

"그러게, 무섭게. 그런데 그 사람들 뭐야? 옷차림도 처음 보는 거던데, 그게 뭐지?"

"자주 볼 수 없는 형태이지만, 망토로 보여."

유진이 대답했다.

"음……."

솔이 벽에 기대어 앉으며 말했다.

"뭘 입었든, 우리를 납치하려고 했어. 정말 진심으로."

스타원은 각자 생각에 잠겼다.

솔은 매니저 DK를 바라보았다.

그는 여전히 아무런 말도 없었다. 뭐라도 말해주길 채근하듯 잠시 바라보았지만, 그럴수록 시선을 회피할 뿐이었다.

솔은 습관처럼 주머니에 손을 넣어 따스한 주사위를 매만졌다. 손안에 알맞게 들어오는 주사위를 한 번 굴리면 혼란스러운 마음이 정제되는 기분이었다.

해프닝으로 넘어갔다고 쳐도, 언제 다시 찾아올지 모를 이런 상황에 대비해야 했다. 이번처럼 속수무책으로 당해줄 수는 없었다.

뭘 해야 할까. 내가 할 수 있는 게 뭘까.

솔은 떨구었던 고개를 들고 멤버들을 향해 말했다.

"있잖아. 우리 마법 말이야."

시선이 몰렸다. 솔은 숨을 길게 들이마셨다.

"몸을 지킬 수 있는 건 없나? 우린 보통 무대에서 효과 낼 때만 주로 마법을 사용하잖아."

"그렇지."

아비스는 고개를 끄덕이고, 은색 빛줄기를 쏘아 올렸다. 무대에서 광선 빔 효과를 줄 때 사용하던 마법이었다.

그러자 유진이 진지한 눈을 한 채 물었다.

"이거, 단순한 빛 효과만이 아니라 사람을 뚫을 순 없을까?"

"잠깐만."

아비스는 작은 빛줄기를 만들어 근처에 있던 과자 봉지에 갖다 댔다.

"흐우우웁……!"

하지만 놀라울 만큼 아무 일도 없었다. 아비스는 허탈한 듯 과자 봉지를 구겨 버리곤 말했다.

"저번엔 뭔가 그럴듯했는데……."

아비스는 곧 기합까지 넣으며 레이저 빔을 만들어내더니 과자 봉지에 대었다.

하지만 역시 아무 일도 없었다.

"안 되네."

"그럼 이번엔 솔 형이 해보자."

비켄의 말에 솔은 두 손을 모았다. 손바닥에 불꽃들이 넘실거렸다.

무대 효과로 만들 때는 허공에서 잘 퍼지도록 얇고 가볍게 형상을 빚어낸다는 느낌이었다.

이번엔 그 반대로, 최대한 응집력 있도록 단단한 구체를 떠올리며 힘을 응축시켜 보았다.

화륵-

곧 솔의 두 손바닥을 넘어 상체만큼 커진 불꽃은 연습실 중앙에서 회오리쳤다. 순식간에 몸집을 불리며 천장까지 닿을 듯 크게 넘실거렸다.

그 광경을 보던 매니저 DK가 바로 소리쳤다.

"솔아, 그만!"

"아, 뜨겁진 않아요."

"아니, 그래도 그만……."

매니저 DK의 계속된 주의에도 솔은 멈추지 않았다. 한계를 시험해보고 싶었다.

솔은 계속해서 불꽃을 회전시켰다. 곧 연습실 공간 전체가 붉은빛으로 가득 찼다. 점점 숨이 가빠 왔지만, 쉽게 꺼트리고 싶진 않았다.

"이거 힘든데?"

"형, 그래도 더 해봐. 간절하게!"

아비스의 말에 솔이 더 힘을 주었다. 눈가가 파르르 떨렸다. 불현듯 악몽이 생각났다.

"허억……."

숨이 막혀 왔다. 마법을 써서인지, 악몽을 떠올려서인지 알 수 없었다.

솔은 번져 오는 고통을 꾹 참고 계속해서 불꽃을 키웠다. 이리저리 뒤엉키며 넘실거리던 불꽃은 이내 서서히 가운데로 모이더니 기다란 화살 같은 형상을 이루었다.

멤버들은 입을 벌린 채 화살과 솔의 모습을 번갈아 바라보았다.

솔의 땀방울이 연습실 바닥에 뚝뚝 떨어졌다. 솔이 불화살을 제어하려는 듯, 자신에게로 끌어당겼다.

화르륵!

"으윽!"

따끔한 작열통을 느낀 솔이 불꽃을 흐트러트렸다. 거대한 불꽃이 순식간에 사라졌다.

상태가 괜찮은지 살피러 오는 멤버들을 보며 솔은 숨을 몰아쉬었다. 괜찮다고 한차례 손을 내젓고 연습실 바닥에 풀썩 앉았다.

분명 자신이 피워내는 불꽃엔 영향을 받지 않았었는데, 방금은 뜨거움이 느껴졌다.

솔이 고개를 갸웃거리며 다시 땀을 닦았다.

그때, 기다렸다는 듯 귀에서 따끔한 통증이 느껴졌다. 아까 겪은 아픔과는 비교되지 않는 강력한 통증이었다. 마치 귀를 수십 개의 바늘로 찌르는 듯했다.

솔은 귀를 두 손으로 부여잡고 고개를 숙여 몸을 뒹굴었다.

그때였다. 거짓말처럼 고통은 순식간에 사라지고, 딱딱하고 뾰족한 무언가가 손에 걸렸다.

"어?"

솔은 귀를 손으로 문지르다 깜짝 놀랐다. 있어선 안 될 게 자꾸만 손에 잡혔다.

손바닥 전체로 귀를 눌러 보아도, 익숙한 형태가 아니었다. 귀 위쪽으로 이상하게 뾰족한 뼈가 잡혔다.

솔은 고개를 들어 연습실 거울로 모습을 확인했다.

아니나 다를까, 이질적인 게 달려 있었다.

믿을 수 없는 모습에 멤버들에게 너희도 보이냐고 물어보려던 차였다.

하지만 멤버들을 둘러본 솔은 말을 이을 수 없었다.

"아, 아비스, 너 그게 뭐야?"

아비스는 눈을 깜박였다.

"왜요?"

"거, 거울 봐. 아비스."

아비스는 고개를 돌려서 거울을 바라보았다. 새하얀 날개가 파닥거렸다.

제 모습을 확인한 아비스도 펄쩍 뛰며 놀랐다.

"악! 이게 뭐야!"

아비스의 몸이 격하게 움찔 떨렸다. 그럴 때마다 하얀 날개도 같이 떨렸다.

솔은 황급히 멤버들을 봤다. 그러고는 신음밖에 내지 못했다.

제일 먼저 눈에 띈 건 유진이었다. 유진의 머리에 작은 뿔이 자라나 있었다.

유진은 거울을 보며 뿔을 만졌다.

"형 괜찮아?"

"일단 아프지는 않아."

솔은 시선을 돌렸다.

비켄의 티셔츠 어깨 쪽 사이로 가시가 삐죽 돋쳐 있었다.

어깨에서 돋아난 가시가 꽤 아파 보였지만, 비켄도 아무렇지 않은 듯 신기하다는 표정으로 만져 볼 뿐이었다.

솔은 시선을 돌려 마지막으로 타호를 확인했다. 다른 멤버들처럼 겉모습이 크게 변한 건 없어 보였다.

좀 더 가까이서 보기 위해 타호의 곁으로 다가갔다.

타호는 조용히 거울을 보고 있었다.

솔이 타호의 어깨에 손을 올리자 타호가 고개를 돌려 솔을 바라봤다.

솔은 타호와 눈이 마주치곤 어깨를 움찔 떨었다.

타호의 눈동자 색이 시시각각으로 바뀌고 있었다. 눈을 깜빡일 때마다 초록색, 붉은색, 파란색으로 여러 빛을 띠었다.

솔은 입을 벌리고 굳어 있다가 자신의 귀를 다시금 쓰다듬어 보았다.

왜 몸이 이렇게 변했는지 영 알 수 없었다.

그때 다시 심장이 따끔거리며 저릿했다.

솔은 가슴께를 붙잡고 미간을 찡그리며 웅크렸다.

그 상태로 멤버들을 보니 다들 변형된 부위나 가슴 쪽을 붙잡은 채 고통스러워하고 있었다.

찌릿한 고통은 이내 짧게 끝났다. 모두 땀을 흘리며 헉헉거리며 숨을 고르다가 연습실 바닥에 풀썩 누웠다.

솔이 심호흡하다가 먼저 말을 꺼냈다.

"뭐지?"

솔의 질문에 다들 잠시간 침묵했다.

매니저 DK는 갑작스러운 변화에도 마치 예상했다는 듯 이상하리만큼 침착하게 멤버들을 주시할 뿐이었다.

솔은 하얀 날개를 파닥거리는 아비스를 바라보았다.

이 와중에 할 생각은 아니지만, 날개는 아비스의 하얀 얼굴과 잘 어울려 굉장히 귀여웠다.

그때 타호가 말했다.

"무리해서 시험해본 만큼…… 어느 벽을 깨뜨리면, 우리의 감춰진 모습이 나타나는 거 아닐까? 각자가 가진 재능일지도 모르지."

타호의 눈동자 색은 계속해서 변하고 있었다.

유진이 자리에서 일어나 제자리에서 살짝 점프하듯 다리를 한 번 굴러보았다.

그러자 공중에서 세 바퀴를 돌아 가볍게 착지했다. 체조선수처럼 안정된 모습이었다.

곧이어 공중에 주먹을 휘두르자, 바람을 가르는 소리가 들리며 엄청난 속도로 팔이 내뻗어졌다.

어느새 아비스의 주위에는 날개 달린 각양각색의 새들이 둘러싸고 있었다.

열댓 마리는 되어 보이는 자그마한 새들이 포롱거리며 아비스의 어깨와 무릎에 깃을 부벼댔다.

이 모습을 가만히 지켜보던 솔이 말했다.

“정말 각자의 재능이 더 발현된 거라면, 잠깐 실험 좀 해보자.”

〈별을 쫓는 소녀들〉 1권 끝

별을 쫓는 소년들 1

WITH TOMORROW X TOGETHER

2023년 12월 20일 초판 1쇄 발행

기획/제작 | HYBE
공동기획 | WEBTOON

발 행 인 | 정동훈
편 집 인 | 여영아
편집국장 | 최유성
편　　집 | 양정희 김지용 김혜정 김서연
디 자 인 | DESIGN PLUS

발 행 처 | (주)학산문화사
등　　록 | 1995년 7월 1일
등록번호 | 제3-632호
주　　소 | 서울특별시 동작구 상도로 282 학산빌딩
편 집 부 | 02-828-8988, 8836
마 케 팅 | 02-828-8986

ISBN 979-11-411-1997-3 03810
ISBN 979-11-411-1996-6 (세트)

값 9,800원